KB056721

글벗수필 49 최미봉 수필집

오클랜드 노을에 물들다

최 미 봉 지음

도서출판 글벗

첫 수필집을 내면서

　형식도 없이 자연과 더불어 겁 없는 주인공이 되는 소탈한 나의 이야기와 뉴질랜드 곳곳을 여행하면서 누구에게나 호감과 공감을 주는 풋풋한 생활 이야기다.

　도도하고 독특한 자연의 화려함이 설렘이었던 이민 생활에서 때로는 고향의 그리움을 보송보송하게 달래어 주었는지도 모른다.

　푸른 초원에 이름 모를 꽃들과 들꽃을 보면서 이민이란 단어의 척박함에 뿌리를 내릴 수 있었던 것은 쏟아지는 햇살과 청명한 하늘에 늘 두둥실 떠 있는 하얀 구름 그리고 맑은 공기, 잔잔한 자연이 주는 아름다움이 때로는 위로가 되고 소망을 주었기도 했던 소박함으로 첫 수필집 출판을 준비하며 하나님께서 저에게 주신 꽃꽂이 작가로. 시조 시인과. 수필작가로. 주신 귀한 달란트에 거듭거듭 감사드립니다.

2022년 11월 최미봉

순수감성을 만개하고자 하는 열정

작가는 고향의 길목에 살살이 꽃 나풀대는 춘천에서 자라서 서울 강남 대치동 결혼생활, 고향 사랑 이야기, 가족 이야기, 뉴질랜드 이민 생활 등 자신이 스스로 체험하고 느낀 감성을 사실적 서술로 천천히 배우고 익히면서 계속 정진하는 끈기와 열정으로 운치 있는 수필작품으로 잘 엮었다.

꿈 많은 여고 시절 작가를 꿈꾸며 글을 썼던 시절이 엊그제 같은데 이렇게 세월에 묻혀 살다 보니 벌써 중년이 되어 자연과 교감하는 내면의 열정을 이국땅에서 고국의 회환 과정을 거쳐 성찰로 이어지는 시, 시조, 수필로 삶의 이야기로 세상을 향한 그의 시각이 오롯하게 투영되어 나타나 있다.

봄내 최미봉은 다양한 인문학적 감성 행보를 통해서 그 중심에 수필 문학을 통한 순수감성을 만개하고자 하는 열정으로 고향, 가족, 자연, 기행 등 폭넓게 수필의 표현방식과 소재를 이용했으며 자연과 사람 사이를 넘나들며 잔잔하게 서두름 없이 자연스럽게 수필을 길어내고 있음을 보여주고 있었다.

최미봉 작가님 축하합니다.

— 곽병덕(경영학 박사)

수필 문학에 매료되어 시상을 깨우다

　너의 자랑스럽고 기쁜 소식을 접하며 우선 축하의 메세 지를 보낸다. 상큼한 너의 밝은 모습, 매사 긍정적이고 의욕이 넘치는 성품인 너.

　먼저 너를 사랑하시고 도움 되시고 인도하신 주님께 영광 드리고 수필집 출간을 축하한다.

　못하는 것 빼고 많은 것을 펼치고 도전하며 행복을 추구하며 수필 문학에 매료되어 시상을 깨우는 네가 영광의 자리에 수필 문학상을 받게 되었다니 축하한다.

　아울러 너의 열정에 찬사와 박수를 보낸다.

　　　　　　　　　　　　　　　　－ 큰 언니 향봉

첫 수필집 출간을 축하하며

보고 싶은 미봉아!

그야말로 이국 멀리 타향에서 잘 있겠거니 하면서 문득문득 떠오르는 네 모습은 네가 떠난 지 많은 세월이 흘러갔어도 언제나 귀엽기만 하구나

어려서부터 넌 명랑하고 상냥하며 인사성이 특히 좋아서 사람들이 칭찬도 많이 들었지. 아버지에게도 항상 재치 있고 귀엽게 굴어서 사랑도 많이 받았던 일을 기억하고 있지. 생각보다 너무 일찍 아버지가 떠나셔서 어머니께서 육 남매를 힘겹게 키우실 때도 항상 미소 띤 얼굴로 의젓하게 공부 열심히 했고 직장 생활도 영특하고 활기차게 잘해서 우리들의 걱정도 놓이게 만들고 어머니에게도 늘 살가운 예쁜 딸이었었지.

더욱이 멀고 먼 뉴질랜드란 생소한 나라에 가서도 당찬 네 모습은 변함없이 어느, 누구 못지않게 적응을 잘하고 있다는 것을 멀리 떨어져 있어도 오빠는 충분히 알고 있단다. 아들 둘 잘 키우고 잘 가르쳐서 어엿한 성년을 만들었고 오랫동안 취미로 즐기고 있던 꽃꽂이가 노년이 되어가는 지금의 네가 부업의 특수 효과까지 줄곧 누리게 해주는 하나님께 감사하고 은혜로운 것에 마냥 든든하단다.

꾀꼬리 같은 맑은 목소리로 노래는 본디 잘한다고 생각했지만, 이제는 그림도 하고 글까지 잘 써서 책까지 내게 되었다니 흐뭇하고 자랑스럽다. 내 동생 미봉아! 장하다 수필집을 출간을 축하한다.

– 수필작가 오빠 홍순

감사와 여유를 추구하는 삶

맑은 웃음과 해박한 지식이 넘치는 나의 벗 최미봉 선생님, 첫 수필집 출간을 축하드립니다.

한국을 떠나 뉴질랜드에서의 이민 생활이 30여 년이 되어가는데 고국에 대한 사랑은 그 누구 못지않음을 이번 만남을 통해 알게 되었습니다. 시간이 될 때마다 고국에 들러 고향에 추억과 좋은 인연을 만나 추억을 많이 만든다고 합니다.

최미봉 작가는 꽃꽂이 작가로 오랜 시간 활동해 오셨고 밴드에서의 활동을 통해 시, 시조, 수필 등 다양한 장르에서 역량을 발휘하셨습니다. 이번 수필집 『오클랜드 노을에 물들다』는 뉴질랜드에서 곳곳을 여행하며 누구에게나 호감과 공감을 주는 푸른 초원에서의 들꽃들과 청명한 하늘 아래 잔잔한 자연의 아름다움이 이민 생활의 외로움과 고달픔을 달래주는 소망을 담고 있습니다.

수필이란 살아온 인생이라 하지 않던가? 세상을 살아가며 발효된 최미봉 작가의 수필을 보고 있노라면 감사와 여유를 추구하는 삶이 자연과 동반됨을 알게 되었습니다. 더불어 한편 한편의 글마다 자연이 아름다운 뉴질랜드의 풍경을 사진으로 담아 밴드에 올려주어 독자들로 하여금 즐길 수 있도록 해 주셔서 다시 한번 감사함을 전합니다.

― 들꽃 시인 정영숙

‖ 차 례 ‖

제1부 나의 삶

제2부 작가의 일상

제3부 수채화에 담는 이야기

제4부 고향을 그리다

제1부

나의 삶

이렇게 살아간다

더위가 내려앉을 때면 소리 없이 밤이 온다
이월 초사흘
붙잡을 수도 없이 공양 거리는 현재 기온 23°
군데군데 떠 있는 솜털 같은 뭉게구름
꿈을 담을 수 있는 일상으로 너스레를 담아본다

긴 바지에 긴 팔 티셔츠
목조 집에 헐거워진 틈새에 당연하듯
비집고 들어오는 칼바람은
시원하다 못해 양산 얼음골 같은 우리 집의 특징

길들지 않는 습관에 맨발에 장갑도 없이
힘겨운 풀 깎기 밀고 다니다
왼손 중지 손톱 밑에
아깝게 모은 꿀을 콕 찔러 놓고
거친 숨을 빼내고 있는 말벌

툭 떨어지는 순간 자지러지게 소리를 냈지만
몇 번째라 견딜만했다
꽃들도 꽉 채워진 정원인지라

벌 나비 함께 살아야 한다

"올겨울 감기 안 걸리겠다!"
예사로 끄집어내셨던 울 엄마 이야기
추임새 하며 떠들어 댔지만
걷잡을 수 없이 퉁퉁 부어오르고
쿡쿡 찌르고 화끈거리는 순간
아~ 뛰어난 백신 암모니아수
찾다 화장실로 뛰어가며 혼자 숨어 웃는 내 모습

우선 독이 퍼질까
고무줄로 둘째 마디 동여매 놓는 모습에
걱정도 팔자!
이만큼 살았는데도 헤아릴 수 없는
백수를 셈하고 있는 내가 우스웠다

한국은 꽃봉오리 탱탱해지는 봄이 왔다는데
이곳은 햇빛에
꽃잎이 하나둘 씨받이로 거무튀튀해지는 여름 끝자락
나뭇잎이 하나둘 단풍이 들어간다

한국과 이곳의 낮과 밤도 서머타임으로 4시간 차이
조심스럽게 댓글을 달러 밴드로 가는 새벽 시간

모두 행복한 시집에 서평을 달고 가는 글에
댓글을 달다 은근히 부러워하는 솔직한 마음이 들었다

태평양을 넘어야 하는
낯선 이국땅의 생활을 꿈을 꾸듯 집착하는
나만의 소리를 내었기도 했던 글
새로운 길에 희망과 소망을 쏟아낸 삶의 여정에

솔직 담백하게 담는 시간이 따뜻한 나의 마음인지도 모른다
굳이 하나님께서 주신 이유가 있겠지만
경험해보지 못한 세계로 도전은 거듭 이어진다
그동안 삶을 지펴 놓은 수 많은 이야기들
스스로 위로하는 시간들이었기에
언제까지든 감성을 매 순간 즐기고 누리면서
느긋하게 나를 가꾸며 가기로 했다

만남도 축복이라
가장 가까이에서 함께하는 문인들의 만남
소리 없이 웃고 정담을 나누며 댓글 달아주며
밀어주고 당기는
그 따뜻함은 지면이지 만 왠지 행복을 주기도 한다

이곳은 가을을 알리는 입추

후덥지근한 날씨에 버거워지는 날
주근깨 톡톡 내보내는 얄미운 햇살이 여물어 간다

설렘은 이어지는 막바지 여름 휴가철
하늘엔 15분 간격
국내 항공기 행복한 소리로 하늘을 채워간다.

햇살로 시작했던 하루

햇살 없는 이른 아침에
호들갑스러운 매미 소리는
술렁였던 여름을 보내고 있다

지혜를 주는 오랜 시간에
긴소리에 맛을 느끼게 하는
계절에 행복을 뿌듯해하는 아침

가뭄에 퍼석거리는 잔디를 피해
출렁거리는 뱃살 붙잡고
건강을 다지는 사람들
모두 배낭에 채워진 이유를 달고
맑은 산소를 마시며 뛰고 있다

휘어진 굽이마다 피고 지는 계절 꽃들 사이에
새록새록 가을꽃들로 채워진다.

밟히면서도 군데군데 피는 난쟁이 클로버
수많은 사람에 밟혀가면서 묻힌 흙을 툭툭 털기도 하는
방실대는 꽃 앞에 벌 나비 윙윙 소리는 귓가에 머문다

꿈을 키웠던 향수 속에 머물 수 있었던 흔적
구전으로 내려오는 말을 믿고 쪼그리고 앉아
두 눈이 빨개지도록 찾던
아득했던 풋풋한 이야기를 담고
책갈피에서 말라갔던 네 잎 클로버

꽃송이 하나씩 엮어진 화관이 머리에 씌워지고
너랑 나랑 약속하던 토끼풀 꽃반지
열 손가락에 통통하게 끼워져

저녁밥 짓는 엄마한테 두 손 쑥 내밀면
예쁘구나! 우리 딸 시집보내야 하겠네!
가마솥 구수한 감자 좁쌀 냄새가 어우러졌던 추억

색채의 그늘에 버려지는 것들로 채워져
군데군데 버석거리며 말라가는 잔디를 피해
가을을 달고 가는 사람들로 웅성대고
지나치는 사람마다 단풍 이파리 달고 간다

목에 이름표 달고 힘겨워하면서도
꼬리를 살래살래 흔들고
더위를 삼키며 쭉 혀를 내밀고 헉헉거리며

시선을 끌어들이는 견공들의 공원
공 하나씩 입에 물고 주인을 앞세운 멍멍이

단내를 들고 가는
꽃 속에 박힌 이야기 토막토막 찾아내며
특별한 선물로 오는 섬세함은
고스란히 쌓이는 곳곳에 경이로움이다
입안에 침이 가득 고이도록 곱씹는 감탄
쌍쌍이 한가로이 놀고 있는
오리가 있는 호수를 지나다 보면
잎과 꽃이 만날 수 없다는 상사화
분홍색 흰색 제철을 맞아 눈부시게 환하다

지나칠 수 없는
좁혀졌던 마음을 풍요롭게 해주기도 하는
지나칠 수 없는 흐드러지게 피던 수국꽃
계절을 싣고 가며 거무튀튀해져 품위를 잃어감이
나를 돌아보게도 하는 또 다른 시간이다
아름다움이 시작임을 우겨가며
주렁주렁 달린 연둣빛 모과나무 밑에 서성이며
하루의 필요로 하는 운동량을 마무리한다.

후드득거리는 가을비에

잎이 말라가며 새들을 모으는 무화과나무
길섶 이야기를 쓰는 귀뚜라미 풀벌레 소리
시도 때도 없이 길게 소리를 내는
여름 시간을 늘려가며 또 다른 곳을 찾아
꽃을 담는 이야기가 이어질 수 있으면 좋겠다

자주색 꽃

가을 하늘은 높다고 하는데 이곳
하늘이 낮아 하얀 뭉게구름을
한 움큼 퍼 올릴 수 있는 산꼭대기에 서니
수채화 그림을 그리는 화폭마다 주인공이 돼 서 있다

훼손되지 않는 맑은 물소리도
붉어지는 꿀떡 같은 소리에 어우러지는 초목
마무리 짓는 땀 냄새가 쉬어갈 수 있고
여물어 가는 가을꽃들은 발걸음을 잡았다

내려놓을 수 있고 나를 만날 수 있는 곳
감태같은 푸른 잔디 한쪽에는
머물고 있는 특별한 풍광
행운을 잡은 듯한 선물이 왔다

새 삶을 시작하는 어여쁜 새색시와 신랑
천진스러운 들러리들은 조화가 나지막한 산새에 있고
잔잔한 새소리도 온통 가을을 단장하고 있다

**
두꺼운 자주색 성경책을 들고
반복하며 마이크를 조절하며

하객들에게 투닥거리며
정리해주는 마오리 주례사
자연과 어우러지는 넉넉함

아름다움의 시작임을 알리는
빨간 카펫이 잔디와 잘 어우러진다
사십팔 년 전
11월 16일 첫눈이 내렸던 종로 예식장
면사포에 가려진 나도 청초하고 예뻤었는데

동영상을 찍으며
행복한 미소를 얻는다
무슨 말인지 모르지만, 예수만 들리는
무르익어가는 독특한 주례사
꿀송이를 끄집어내는 그에 손에 들려져 있다

동영상이 멎는 시간에 기대와 설렘은
자연이 주는 경이로움이 그들에게도 있을 것에
축복을 놓고 보니

하나님께 영광을 돌리는 삶으로
영원히 사랑하라는
진실한 사랑을 귀에 담았던 청량리 동도 교회
최 훈 목사님 축복이 있었다

대 자연은 화폭으로 천천히 흘러만 간다.

두 시간을 걷다 보니
숙성된 신선한 바람은 코끝에 스치며
일행인 수많은 초목은 노을에
빛이 바래지고 있다

이 나이에도 눈물이 있다

새벽이슬을 밟고 둥그렇게 모인
다양한 언어에 밉살맞기도 한 아침

배움은 끝이 없다는
엄마의 말씀이 닳도록 귀에 담았었는데
단발머리 여고 시절 열심히 외웠던 글귀가 남아 있듯
살아온 시절마다 귓가에 맴도는 것이 있다

묵었던 실타래를 끊어 버릴 때가 되었는지
술 한잔에 쌓였던 회포를 풀 듯
오늘따라 술 못하는 나도
가슴 뛰는 이야기를 내놓고 싶어진다

감추고 살 나이는 지났지만
그래도 여자란 표 딱지가 남아 있을 때까지
쑥스러워질 것이기에
가끔 가슴 뛰는 꿈을 키웠던 공간이 그립기도 해
질곡의 삶 이야기가 내 안에 꿈틀거리기도 한다.

'늦었구나.' 했던 것이
넉넉히 시간을 벌 수 있게 되는 시인이 되었다
갓길 만개한 흐드러진 개나리

산속에 쏙쏙 붉어진 진분홍 진달래
보아주는 예쁜 이야기가
줄줄이 꿰어주기에 봄의 소리는
시도 때도 없이 벌겋게 담금질한다

내 생일도 엄마 기일도 있는 4월
함박꽃이 피고 이파리 무성해질 때
제 빛깔을 빚는 보이지 않는 것까지
누군가에게 주고 싶은
엄마의 맑고 깨끗한 소리도 좋아하셨던 함박꽃처럼
들여다볼 수 있는 4월도 하룻밤 자고 나면 지나칠 것에
울 엄마 보고 싶어 뜨락에 나가니
쏟아붓는 여명을 삼키는
거무튀튀해지는 잎만 무성할 뿐
콩닥거리는 마음은 오늘도 무성해
엄마의 웃음을 꺼내 놓고
이어질지도 모르는 5월을 맞는다

꽃받침도 눈부시다

햇살을
좇는 여유에
한 시간 더 잘 수 있어
서머타임 해제에
한 시간 뒤로 돌린다

신바람
난 것 같은데
그 시간이 되면
눈이 뜨이니
그도 필요 없는 것

낮은 짧고
투박한 밤은 길어져
활동량을 어찌 부추기겠는지

코앞에 올
긴긴밤에
눈 대신 비가 추적거릴 것에
동짓달 들여다보니

세찬 눈비에

문풍지 흔들지 않고
얼음 밭 밟지 않는 것이
그도 다행일세

오르락내리락
기온 차가 없어
살 에는 것 없으니

알알이 맺히는 글밭에 머물러
푹 나에게 빠질 시간이
애쓴 보람 좋네요

신인상 수상 소감

부족한 글에
수필 신인상에 기쁘고
감사뿐이었습니다
낯선 곳 뉴질랜드에 이민을 와
주변에 있었던 사물과

한 몸이 되었던 일들을 하나하나 끄집어내고
누군가 놓고 간 사랑스러운 언어들이 선물처럼 마음에 올 때
가슴이 뭉클하고 감사가 넘쳤습니다

때로는 꿈속에서까지 문장을 분에 넘치도록 그려 줄 때
그때그때 한 줄씩 써 놓았던 수첩을 꺼내보면서

순수함 잃을까 봐 한 번에 써 내려갔던 글
퇴고의 퇴고 거듭되다 보니
때로는 어렵다 힘들다 했었지만
읽는 사람들과 서로 공감할 수 있는
편안한 글이 되었음 늘 기도를 했었기도 했었죠

힘들다 하면서 주신 달란트에
감사로 쓰고 있었던 것이 시가 되고
장르는 다르지만, 수필을 쓸 수 있었던 것 같아요

각박하고 힘든 시대에 아름다운
누군가에게 위로가 되고
삶에 도전이 되었으면 바라는 마음으로
탄력 있고 변화 있는 그리고 자유스러운 수필가로 남고 싶어요

부족한 부분을 격려로 채워주신 글벗문학회
용기를 주신 최봉희 회장님
사랑해 주시는 곽병덕 박사님 시인님 모두 감사합니다

특별히 늘 시인이란 것에 긍지를 가지라는
옆에서 다독이는 남편, 두 아들, 며느리,
손녀딸 Kwon Prasisel 축하의 글 감사드립니다.
사물과 한 몸이 되었던 일들을 하나하나 끄집어내고
누군가 놓고 간 사랑스러운 언어 선물처럼 마음에 올 때
가슴이 뭉클하고 감사가 넘쳤습니다

때로는 꿈속에서까지 문장을 분에 넘치도록 부어줄 때
그때그때 한 줄씩 써 놓았던 수첩을 꺼내보면서
순수함 잃을까 봐 한 번에 써 내려갔던 글
퇴고의 퇴고 거듭되다 보니 때로는
어렵다 힘들다 했던 것이 한두 번이 아니었죠

읽는 사람들과 서로 공감할 수 있는
편안한 글이 되기를 늘 기도합니다

300회 맞은 화요 음악회

아침 햇살 끌고 들어오는 실바람
오늘은 주일이네요

"주의하라 깨어 있으라. 그때가 언제인지 알지 못함이라."

배가 불룩 입담이 트럭 타이어만큼이나 굴러다녀
웃음보 아저씨라고 내가 불렀다
보기만 해도 씩 웃는 웃음

어느 해인가 한국에 다녀오니
음악회 간다고 화요일이면 저녁을 서두르는 남편
그러려니 했다

그곳까지 가면 기름 게이지 두 눈금
피곤한 저녁이라 모른 체했는데
꿀단지 감춰 놓은 양
미꾸라지처럼 빠져나가는 모습 내버려 뒀다

몇 달 지나고 보니
같이 안 갈래? 궁금하지도 않아?
그 말에 못 이기는 체 따라나섰다

"사실 우리 집에 아끼던 국보급 클래식 원판을(Long Play Record)
몇백 장 시집보냈다고 하는데 머리가 막 돌아가더라고요

공동 재산이잖아요. 요즘 아이들 말로 꼭지요. 가고 싶
어도 화가 나 안 갔거든요"

나서는 마음 좋았겠어요!
받은 사람이 누군가 봐야겠다는 마음
고속도로 얼마나 밀리는지 중얼중얼하면서
도착해보니 잘 아는 부부
서로 반가워 껴안다 보니
사랑이 한 섬

다행
다른 사람이 아니어서
그나마 마음이 100분의 1 해소

중고품 다 모여 놓은 듯
옛날 친정 우리 집에 있던
나팔꽃 달린 축음기가 있어
어릴 적 움츠렸던 이야기들이 줄줄 나오기 시작
마음은 또 고향으로 갔었다.

간단한 티에 비스킷 빵으로 웃음 나누고
뮤지컬 「오페라 유령」 한 편을 보고 집에 오는데
남편이 아끼고 좋아했던 것
이역만리 들고 왔었는데
안타까워
언젠가는 최고인 앰프 사 주어야겠다며
마음을 다독였던 것이 300회를 맞았다

오월의 엄마 기도

하나님 감사합니다
내 속에 품었던 생각이 주님이 보시기에
모자람이 있으면 용서하여 주세요
주님의 사랑하는 딸 마리아 기도합니다

자녀가 6남매 중 두 남매는 멀리 가 있지만
가장 먼저 기도하고 싶은 사람이 있습니다

사랑하는 막내, 시누이, 시동생
미국으로 이민 간 지 48년, 오래되었습니다
가족 모두 하나님 자녀로
건강하게 살아가게 해주세요.

이민 가지 말라고 애원하던
뉴질랜드에 사는 셋째 딸
막내아들 서로 의지하고
건강하게 잘 살 수 있게 해주세요

아~ 참 며느리 손주 모두 하나님 잘 믿게 해주세요.
우리 셋째 사위도 주님 잘 믿는 건강한 사위가 되게 해주시고
셋째 딸, 아들 내외 모두 건강하게 해주세요
한국으로 옵니다

큰아들 내외, 첫째 딸, 둘째, 넷째 딸, 손주
모두 건강하게 주님이 돌봐주세요

사랑하는 나의 아버지
어버이날이 돌아와
내게 달여올 카네이션꽃을 받기 전
내가 먼저 주님 자녀들에게 달려가
고맙다는 말 전하게 해 주세요

사랑을 나누어 주신 우리의 주님
정원에 흐드러진 찔레꽃이 피고
모란과 작약도 주님이 피워 놓으셨습니다
천국 가는 중
파란 하늘에 짓고 가는 많은 별을 찬양하며
주님을 바라봅니다
사랑으로 저를 구원을 위해 십자가 지신
살아계신 예수님 이름으로 기도합니다. 아멘

　- 우리 어머니 늘 기도 써 놓
으시고 시간 나면 기도하셨던 마
지막 기도입니다. 형제 자녀들에
게 나누어 주셨던 사랑 오월이
되면 행복이 무엇인지 사랑이 무
엇인지 순수하셨던 어머니 기도
에 응답으로 온 가족 기도가 이
어집니다.

어린이날

짜장면 먹으러 간다
짜장면집에는
앉을 자리가 없어
갈까 말까 엄마 손을 잡아당겼다

다른 것 먹으면 어떨까 생각 중인데
엄마 손은
내가 먹고 싶은 자장면 사 주시고 싶었나 보다
침은 자꾸만 꼴깍꼴깍 넘어가는데
시간이 걸리는 것을 보니
모두 열 그릇씩 먹는 줄 알았다

10분쯤 지나다 보니 여자아이가
세계 지도를 그린 얼굴로 배시시 웃고 나온다
힐금 쳐다보니 우리 반 내 짝꿍
말할 사이도 없이 엄마의 손에 끌리어
식당 안으로 들어가고
친구도 엄마 손에 끌리어 집으로 간다
엄마 손은 껌딱지 붙어있나 보다.

어버이날에 며느리에게 주는 꽃다발

곳곳에 삼삼오오
꽃들도 싱글벙글
사랑담은 꽃다발
꽃가게 서성이네
장미꽃
불타는 사랑
싱글벙글 발걸음

위로하며 서로 섬기는
시어머니와 며느리
어버이날이 돌아오면
"건강하세요."
문자가 온다
흔히 볼 수 있는 작은 것 같지만
세상에서 가장 큰 사랑의 메시지다

때로는 대견스럽고
사랑스러운 첫째 며느리와 둘째 며느리
같은 생각과 가는 방향이 갔다면 대만족
고운 날갯짓으로 21년째 은은한
꽃을 피우는 보석같이 만난
큰아들의 사랑하는 아내다

작은아들의 아내도 뒤지지 않는
밝고 환한 아름다움의 만남
우리 부부에겐 보약 같은 행복이다

뉴질랜드 Mother's day

시조로
먼저 꽃다발 보내는
아름다움의 어버이날이 되기도 한다

제2부
작가의 일상

청량리에서 살던 때

밤새도록 우는 뻐꾸기
가끔 소쩍새 울음소리가 났던 그 시절

초겨울 11월 중순 시집가서 첫날부터
새벽 4시면 일어나야만 했던 낯선 일상

오 남매 맞이 남편을 만나
어머님 모시고 살면서
동갑내기 시동생 방위 근무하던 때라
꼭두새벽에 일어나 밥 짓기에 어설펐던 시간

일어나기 싫어 엉덩이 쳐들고 10분
세수하고 앞치마 입기까지 5분
25살 나이, 여리고 여린 통통하고 하얀 손등이
빨개지도록 영하 기온은 내 마음을 휘젓곤 했다

3년 동안 어머님 눈치 보며 첫아들 낳기까지
맏며느리 구실은 쉽지만 않았다
아기 낳기까지 2년 몇 개월 단순하고 소박함에
풋풋한 이야기 늘어놓고 있다

그래도 아들을 낳았으니 천만다행
친정어머니 딸 시집살이에 노심초사 걱정하시던 때

늘 기도로 안타까워했던 시간
첫아들 낳고 부모님 사랑을 곱빼기로 알았다

어린 마음에 쉬운 줄만 알았던 시집살이
착하고 선하면 잘 살 줄 알았던 생각은
물 위에 참기름 동동 뜨듯 눈치를 봤던 새댁이

볼펜을 이리저리 돌리고
감사하는 축복의 자리에 있기까지
늘 동행했던 기도가 있었기에
수월하게 세월을 보내며
세상을 바라보는 것이 넉넉해졌다

만족이란 없다는 것도 배우고
늘 가까이에서 햇살 나르는 행간에
늘 소박함을 빚는 화사함이 이어지기에
무엇과도 바꿀 수 없는 순수한 그 시절이
그립기도 하다

- 뒤쪽에 앉은
둘째 중학교 시
절, 중앙에 앉으
신 우리집 대장
시어머님, 늘 부
모님 앞에 꿇어앉
으라는 오빠 가르
침에 왼쪽이 멋진
남편입니다.

우리는 한마음

결혼한 지 딱 한 달
하얀 눈이 포슬포슬 왔던 주말
출근하면서 영화 한 편 보자는 남편
퇴근 후 6시에 피카디리 극장에서 만나기로 했다,

해는 짧고 추웠던 12월
마음은 하늘에 떠 있는 구름 위를 밟는 듯
행복했던 결혼 초

반찬만 해놓고 한껏 모양을 부렸다
큰 시누에게 모든 것 부탁하고
버스 정류장으로 가는 낯선 길이지만 첫나들이라
신나게 버스에 올랐던 날

뉘엇뉘엇 지는 해
허름했던 서울 거리 붉게 물들여지고
오고 가는 자동차의 불빛도 하나둘 켜지기 시작했다
많은 사람 발걸음도 빨라지고
털목도리에 맥시 코트가 가끔 보였다

밀려가며 겹쳐가며 질서 없이 정차했던 버스 정류장
극장 앞에는 많은 사람이 북적댔던 때
암표 상인도 있었던 때이기도 하다

우선 남편을 찾는 것이 우선
시간은 좀 남아 가로등 있는 환한 곳에서 기다렸다
마침 부스를 신고 나와서 종아리는 훈훈한데
발이 시려 왔다
정확한 시간에 짠~ 하고 올 것 같은데
설레던 기다림도 얼어버렸다

나같이 서성이는 사람은 왜 그렇게도 많았는지
만남의 광장이기도 했던 극장 앞
둘러보고 또 보아도 오지 않았다

번쩍거리는 불빛에 하얀 눈이 흩날리는 풍경이
영화 속에 주인공이 되어 마음속으로 환호성은 연발
그것도 잠시 아무래도 안 올 것 같은 기분에
집으로 가는 것이 옳은 것 같아 결정을 내렸다.
나갈 때는 버스를 타고 한 시간 여유에
서울 거리를 보고 왔지만, 속도 상해서 택시를 탔다

현관문은 열려있고
시어머니 방에선 웃음꽃이 한창
"어머니 저 왔어요"
"야야 벌써 영화 보고 왔나"
살그머니 문을 열고 보니 시동생 둘, 시누 둘,
모두가 웃음을 참고 있는 듯

시집가서 데이트 첫날부터 바람맞았다는 생각에

난 울음이 나오는 것을 꾹 참았다
큰 시누가 언니 좀 와봐!
눈물을 감추고 옷 갈아입다 말고
어머니 방으로 갔을 때

그때 문 뒤에 숨었던 남편
싱긋이 웃고 나를 와락 껴안은 것에
모두 웃는 모습이 지금까지 남아 아른거리기도 한다
내 속도 모르는 태연한 내 모습에 놀랍다고 하는
수북한 뒷이야기

난 피카디리 극장 앞에서
남편은 서울 극장에서 기다렸던 두 사람
눈 오는 밤에 안 나갈 수 없다며
남편 손에 이끌리어 총알택시를 타고 종로로 윙윙
에릭 시걸이 쓴 『러브스토리』 글로나마
그만 봄 눈 녹듯이 훈훈해지는
영화 한 편에 행복했던 데이트

어렵게 본 영화 내용 중
살만할 때 백혈병으로 힘들어하는 아내에게
안타까워하는 남편의 얼굴이 지금도 잊히질 않는다

어둠이 깔려 있는 서울 거리,
눈은 그치고 팽팽하게 살얼음이 깔렸어도
행복했던 시간

그 이튿날, 영화 줄거리를 꿰고
동화처럼 이야기해드리면
진지하게 들으셨던 큰 시누와 어머님

언제인지는 모르지만
한국 가면 변해가는 화려한 거리를 걸어보기도 하고
어느 극장에서라도 한편 영화를 봐야 되지 않을까^^

* 시조 ㅡ
새롭다 옛이야기
퐁퐁퐁 샘물 솟듯
어여쁜 이내 마음
푸짐한 이야기꽃
햇살에
꼿꼿해진 글
영롱해진 화려함

나를 만들어간 시간

햇살에 익어가는
탱탱한 포도밭에 서성이며
유수 같다는 말을 되뇌며
소양강 남빛 출렁거리는 것까지도
그리워하는 나이가 되었다

이국땅에서
힘들었던 일들을
홀로 걸어가며 당당했던 나의 길
쪼그라들지 않고 씩씩했던 한해 한 해가
가끔 스쳐 지나가는 작은 것임에도
보석을 캐듯 섬세해지는 세월의 연륜은 쌓여만 갔다

코로나 때문에 머뭇거렸지만
심심치 않게 환한 미소로
수입도 짭짤했던 웨딩, 펑션,
꽃 속에 파묻혀
꽃 샤워를 받던 행복한 시간이기도 했던 시간

부부의 연을 화려한 꽃으로
행복을 열어 주는 시간은 신의 찬미가 흐르고
화동의 꽃바구니엔 천진스러운 웃음을 싣는
신선함의 포장에 덩달아 웃기도 했다

천지 사방에 흩어져 사는
그들의 화사한 웃음으로
가끔 돌을 맞는 아가에게 축하의 꽃다발 보내고
천직으로 발효된 꽃을 담고
자유스럽고 예쁜 수십 숫자로 쪼개질 정도였다

난 강원도 춘천 도청 옆
숨바꼭질 놀이를 일삼았던
봉의산 자락에 있는 3백 평 너른 집에 살았다
유행가 가사 노랫말대로
그야말로 최 진사 댁 셋째 딸로
귀엽다 했던 시골아이였다

봉의산에 흐드러진 진달래꽃 개나리꽃에 싸여
4월에 태어나 들꽃처럼 살아왔던 유년 시절
짧았던 아버지와의 만남이었지만
사랑을 독차지했던 십여 년의 세월이었다

옛이야기 끄집어내다 보니
돌아가실 무렵 아버지의 묻는 말도
이해 못 하는 철부지였던 열 살이었다

콧등에서 땀이 흘러도 땀인 줄 모르고
들로 산으로 벗꽃 열매 따 먹느라
입안이 보랏빛에 달곰함이 꽉 차야
친구들과 집으로 향했던 그 시절

비가 와 진흙 도로 질척거릴 때
항상 아버지 근무하신 도청 학무과에
우산 갔다가 드려야 하는 몫은 나였다

내가 열 살 3월에
갑자기 돌아가시고

어머니의 세월은 어느덧 짓무른 눈에
돋보기안경을 코에 거셨던 연세가 되었고
곱던 얼굴에 주름이 그어진 모습이
마음이 아팠다
그래도 건강하시고
맑은 마음으로 백수를 채우셨다

더불어 사는 지혜를 누누이 말씀으로
육 남매에게 나누어 주셨던
가슴앓이로 남겨진 봇물
어느새
내가 낳은 두 아들에게도 나누어주었던
무늬 짓던 어머니의 사랑

세월을 움켜쥐며 오늘도 무섭게 변해가는
야무지고 갑질로 채워지는 변해가는 세상
노출되는 나에게 오는 팍팍함과
협소한 생각마저 툭툭 털어버리고
이민 생활을 이어간다

나이에 걸맞게 손가락이 휘어지도록
꽃과 함께 평생을 살아가다 보니

심심치 않았던 스쳐 지나가는 삶
일부분으로 남는 것은 감사뿐이다

코로나 때문에 머뭇거리지만
그 행복을 나누고 싶어 행복해하며
구도와 초점 맞추어 가는
춘하추동 일삼는 섬세한 손길로
때맞추어 문화 센터에서 꽃꽂이를 가르치고
회사 프런트에서 꽃장식을 해주는 나의 일상
개미처럼 열심히 둥글리며 살아왔던 삶이다

뉴질랜드까지 와
꽃차를 네 대나 바뀌었던 그 행사장에
노을에 젖는 햇살 나눔도
촉촉한 마음이 되었음도 감사다

하늘의 양식을 받아가며
쉬지 않고 쓰임을 받을 줄이야 누가 알았겠는지
뜨거운 화제에 감사 달고 또 달려가고 있다

이렇게 꽃으로 시작하고
꽃으로 끝날 날이 언제인지 모르지만
자유스러운 영혼으로

다듬어 가며 지극한 사랑받는 주님 손길의
이어질 것에 감사뿐이다.

− 저의 집 가을 정원 라벤더 한창 겨울비에 젖어있다.

새로운 지침표

부족함이 없는 날
주일 아침 정성스럽게
반~ 쭉 쪼갠 속이 노란 배추를 켜켜이
천일염 한소끔 씩 뿌리며
주일 예배드려야 하기에 부지런하게 서두른다

어제 배달한 배추 30포기
지나온 날 쉽사리 보았던 것이
오늘따라 엄청나게 느껴지는 건
무슨 이유일는지

한국에서 온 수입 김치
중국 고춧가루라 믿지 못하고
늘 해 먹어야 하는 우리 가족 모두 망설임에는

친정어머니께서 최고의 김치를 해 주셨기에
익숙한 손맛에 반해 몇십 년째 이어간다
반은 이틀 후 오늘은 15포기
반을 하기로 지혜를 얻었다.

10킬로 다듬어놓은
몸집이 단단한 알타리 씻어놓고

절여놓은 배추 1시간 씻는데
겨울비는 쉼도 없이 내린다

모처럼 온
무채를 쓰는 작은아들 돋보이고 고마운 마음에
어깨 툭툭 치며 콧노래
다양한 에너지에 어느새 커버린 두 아들

김치를 하려니
체력은 범람하는 장대비에 쉬어야 할 시간
내일 아침에 속을 넣어야겠다
세월이 가고 있는 것이 이런 것일는지

차곡차곡 쌓였던 주일 일정
감사로 마무리하는 시간
푹 자야겠다.

일찌감치 속 버무리는 넣은 것만
단맛 내는 자연산 양파 그리고 바다 내음 한치
존재감에 찹쌀죽에 밭에 심어놓은 파 미나리 갓
뭐더라
새우젓, 까나리젓
앗 고춧가루 중요하다

무채에다 고춧가루 넣고 버무리면 손맛 끝
김치 냉장고에 넣고 보니 보기만 해도 배부르고

동백꽃 피고 질 때까지 생각만 해도 든든하다
내일 김치 하는 것은 남섬 큰 며느리네 보낼 것
기뻐할 손녀딸 생글거릴 웃음이 날개를 달 것 같다
내일쯤 전화해야겠다

꼬꼬지 노모와 네 자녀

한국 참전 참가하신 분들에게
감사 편지 쓰기 대회에서
손녀딸이 '한국전쟁 참가자상'을 받아
남섬에 살기에 대신 받으러 갔었다
준비된 우렁찬 박수를 받으시는
90초 중반 연로하신 할아버지들
빛바랜 군복에 훈장들이 반짝반짝 눈에 들어와
대회 끝나고 만남을 가졌었다
비참했던 한국전쟁
남아 돌아온 것만도 감사하다는 눈물 섞인
이야기를 듣다 보니 감정이 수그리기 힘들었던 날에
몇십 년 동안 담고 온 회고의 노모 이야기를 듣는다

생생한 잊히지 않는 전쟁
춘삼월 꽃이 지천으로 피던 때
막내 낳은 지 두 달 만에 잊히지 않는 한국전쟁
핏덩이 들러 업고 한강을 건널 때
진혼곡으로 핏물이 차이는 어두운 길에
악착같은 삶의 언저리엔
눈물보다 놀람으로 네 자녀를 끌어안아야 했다

붉은 노을에 젖은 삼라만상이 강렬함으로
노하는 하늘에 진의를 날려 보내는 일상이

지긋지긋했던 노모의 자화상을 그리며
이야기는 이어져간다.
한 발짝 뗄 때마다 속창아리 없는
야트막한 산등성마다 이름은 지워지고
에움길 흐트러지는 총성에
귀를 막아야 하는 어처구니없었던 전쟁
경악과 탄성에 결과는
어떻든 총부리를 피해 가야만 했던 잊히지 못한
숲으로 얼굴을 가렸던 피난민들의 행렬은 비참했다는 노모의 소리

한 말 등에 쌀 한 말 지고 가는 큰아들
동생을 업고 걸리고 가는 큰딸 엄마 등에 업혀
먹는 것이 없어 울어야 하는 팻덩이 막내를 데리고
목적지도 없는 막무가내 걷다 개울물 벌컥벌컥 마셔야 하기도
벼 이삭 익기도 전에 보이면 먹어야 하는 처절함도
전쟁은 살벌했다고 남기는 분노의 소리는 흥분하기도 하신다

빗발치는 총알에 피해야 하는
방공호에는 사람들이 미어지도록 숨어 있다가도
우는 막내의 소리에
내쫓기는 시간이 허다했다고 또 탄성의 한숨 소리에
씁쓸함이 채워지는 피맺힌 소리

파죽지세로 쳐들어온 중공기
하늘 높이 떠서 가다가도 훅하고 미끄러지듯
피난민의 행보에 어느새 머리 위에 총알을 퍼붓고

온통 피비린내 나는 노모의 안타까운 마음속에 남은 전쟁 이야기

힘들었던 겨울 1951년 1월 4일
중공군으로 인해 부산으로 또다시
정부가 옮겨지는 기막힌 날
노모는 막내에 미안한 마음 전하며 목이 메는지
잠깐 심호흡을 하며 물 한 모금을 드신다

모두 피난하는 것이 이력이 생겼다면서도
노모는 증조할머니께 막내는 데리고 가지 않겠다고 말했을 때
나는 안 가도 되니 데리고 가라는 뜨거운 말씀 한마디
목멤에 데리고 나섰다고 하신다

얼마나 추웠던지 똥오줌 기저귀는
쨍쨍 언 개울이나 강 둔치에 얼음을 깨야만
빨 수 있었다고 하시며
"빠는 것이 아니라 흐르는 물에 마구 흔드는 거지!"
진저리를 치는 노모의 얼굴엔 말씀 내내
전쟁은 다시는 있어서는 안 된다고 강조하신다

추위에도 아이들 4명을 데리고 산을 넘고 강을 건너
몇 날 며칠 갔던 곳이 청주에 두메산골 산기슭에
정착할 수 있었던 날

어디를 가나 피난민의 만남은 살아있다는 흔적에 감사도 있지만
힘들게 살아가야 하는 전쟁의 흔적은 노모의 얼굴에서

또 다른 말을 잇지 못하시는 이유가 있었다.

안타까워했던 소문
곳곳엔 전염병 홍역이 돌고 있을 때
하나씩 죽어가는 8명에 아이들
애지중지했던 몇 개월 막내 때문에 걱정도 했지만
순간순간 홀가분한 생각도 했다며 눈시울을 적시기도 하신다
북침이 아닌 남침이라는 사실에
중요함을 강조하시는 노모

육이오 동이로 태어난 그들에 삶은 축축해진 나날로
유월의 도면에 탄성이 있을 것 같은
숱한 이야기가 글로 남기기도 벅찬 노모의 애잔함

한국전쟁의 비참함과 또렷하고 생생함은
듣고 있는 나에게까지 오롯이 남는다

나도 그랬나

갱년기 생각해 보니 아련하고
두 아들 뉴질랜드에 보내고 둘이서 오붓한 시간
생각은 많고 길다

서울서 부산 소장으로 내려갔다
소란스럽고 걸쭉한 공기를 벗어나
비릿한 바닷가 갈매기 생각하면 예뻤던 곳

난 난생처음으로 본 부산
끼룩끼룩거리는 갈매기를 보며
감탄사로 마냥 소녀로 살던 때다

어느 날 갑자기 허리도 아프고 열이나
바닷바람을 쐬러 다녔던 광안리 해수욕장
잊지 못해 늘 마음에 담고 다닌다.

어느 날 울산 배 2박스 선물이 왔다
눈이 녹아내리듯 입안에서 사르르 사각거리는 그 맛은
나주배, 먹골배보다 단물 시원한 맛이 100% up

배를 좋아하시던 엄마 생각이 나
갔다가 드리고 싶었던 생각에 남편이 가지 말라고

하는 것에 말도 안 하고 뒤 트렁크에 한 박스 싣고
춘천을 향해 고속도로를 진입
간도 크고 겁 없었던 그 나이
경부 고속도로 혼자 질주 잘했어요^

☆☆
하나님 막으셨어요
칠곡쯤 갔을 때
갑자기 열이 나고 허리가 끊어질 것 같아
되돌아오는 내 모습 어처구니없었던 때

집으로 되돌아와
남편에게 전화 걸었다
"아빠 허리가 너무 아파"
울기 직전, 누가 알겠어요

약 사 들고 온 남편 "어떻게 아픈데?" 묻는 말에
뭐라고 표현할 방법이 없었다.
무조건 아파! 밥도 못 할 정도
하루 이틀 약을 먹고 나니 신통방통 멀쩡해졌다
꾀병 같아 머쓱하기도 했던 갱년기

잠을 자다가도 이불을 차 버렸다 덮었다
지금 생각하니 여자들의 해산 고통처럼 거쳐야 할 일
그래서 허리가 있다는 것도 알게 되었다
감사는 이렇게 이어졌다

그 이튿날
엄마에게 전화하며
고맙습니다! 감사합니다!
하고 엉엉 울었던 생각이 난다
서른여덟에 아버지 돌아가시자
육 남매 키우시면서
갱년기를 그냥 넘기셨을 엄마가
왜 그렇게 생각이 나던지
다들 똑같은 마음이겠지
슬픔을 달랜다

성경 공부하는 날

8:30 Am
전철역 근처에 내려준 남편
매우 분주한 도로

다녀온다는 말 한마디 남기고 신호등에 걸려 서 있다
감 두 봉지 덜커덩거리며 건널목 지나니
뒤에서 지켜본 남편은 웃음이 이어진다
에스컬레이터를 내려가니 20분 기다려야 간다는데
늦은 김에 더 늦자 어쩔 수 없이
야트막한 의자에 앉아 기다리다 보니
모두 바쁜척하면서도
카톡 하는 모양새 어느 나라도 똑같다

자그마한 기관사와 키 큰 기관사는 교대하는 모양
사람을 만나면 몸에 밴 눈인사 굿모닝 ☀
그 웃음은 모든 생각에 변화를 주기도 한다

기적 소리는 사람 몇 명 태우고 한 정거장씩
출근하는 사람 등교하는 학생
모두 재빨리 칸칸이 채운다
휙휙 지나가는 자연을 바라보노라니
버러지 터진 색깔로 변해가는 넘실대는 바다를 바라보며

나름대로 생각을 끌어안는 사람들
무심코 표정들을 보며
정작 나 자신을 보지 못하고 있는 것이 우스웠다

몇 명이 모인 성경 공부
서울 구로구 구로동 성산교회 김성길 목사님 쓰신
"언어의 치유" 영상으로 공부를 2주째 하는 목요일

부족하고 서투른 우리들의 언어를 바꾸어주는 귀한 시간
자녀에게 또는 교회에서 누군가에게 사랑과 위로를 담는
주님이 주신 말씀으로 지혜를 얻는다.

동영상으로 찍은 거나한 점심시간
야채 샐러드와 도미찜 두 마리
남편 선교사가 잡아 오셨다는 오늘의 밥상 모두들 정겹게
담소 한 시간 남은 공부를 커피 향에 속삭임도 정답다

나를 내려놓는 시간 짭짤했던 강의 시간
소크라테스의 말이 생각난다
"물레방아 돌아가는 소리도 귀에 익으면 괴로울 것 없지."
맞다. 오늘 언어의 치유 시간 행동으로 옮기자
죽을 때까지 그래서 공부는 필요하다

오후 전철역 안에서 꽃집을 하는
푸근한 동생을 만난다

옥션 장에서 전광판을 돌아가면 가격을 맞추어
보튼을 눌러야 할 때 가슴이 떨려 늘 눌러줬던 고마운 손길
이야기보따리 풀어놓고 긴 이야기에 시간은 잘 간다

서로 알아갔던 십여 년 남짓 따뜻한 정겨움에
오늘 저녁은 내가 대접하기로 했다
참 인생을 살아갈 때
좋은 친구들이 옆에 있다는 것 그냥 좋다

전철을 타고 집으로 오는데
표 확인 후 마스크 안 썼다고 쓰라고 한다.
마스크는 준비 안 되고
우선 머플러로 입과 코를 둘둘 감는다
유리창에 비친 나의 모습은 산적 같다

그리고 보니 며칠 전 호주에서
변이 코로나 달고 들어온 한 사람 때문에
뉴질랜드 수도 웰링턴 2,400명 격리로 레벨 2
오클랜드 외 전 지역이 레벨 1로 비상
때맞추어 호주의 비행기를 막았다
정치를 화끈하게 잘하는 멋쟁이 여자 총리 40살

시간 맞추어 마중 나온 고마운 남편
형용사를 쓰자 다짐했기에 콧소리로 고마움을 이야기하며 도착
오늘도 감사 찬양으로 마침 기도를 한다.

'오늘'이란 낱말이 좋아요

오늘따라 새 울음소리가
코로나 퍼붓는 소리로 들리니
청명한 햇살을 걷어차듯 창궐하는 코로나

공부하다 떠들면 선생님 책상 두들기듯
밤새도록 따다닥 되던 빗줄기
지붕 위에 걸터앉은 구름 스멀스멀거린다

효성스러운 두 아들 내외 아침부터
걱정 또 걱정 부모님 챙긴다
"두 분 8월 17일, 슈퍼 크리닉(큰 병원)
다녀오신 적 없으시죠!"
이래서 가족이란 울타리가 좋은가 봅니다

사랑하는 걱정도 하늘이 주신 감사로
독특한 형태에 아름다운 잔무늬 같다
민감한 계절들을 두루 살피는 작가의 시선

오락가락한다는 일기예보에 8:00 Am
사랑을 달고 온 윤슬에 젖은 꽃
이파리 잠시라도 차분해지며 축복에 반짝거린다

초심

꽃가람 넘나드는 채찍질 소리에는
너와 나 이야기가 한 점씩 부딪혀도
호젓한
언저리마다
풋풋했던 초심들

해맞이 달맞이꽃 푸석한 흙냄새에
치솟는 사랑으로 보채던 생각마저
홍조 띤
웃음 속에는
지혜로움 미덥네

샛바람 불어와도 어딘들 못 가랴만
마음이 즐거우면 어릿한 생각마저
평온을
달고 다니는
자유인이 되기도

1킬로 육십오 불
블루베리 가지러 두루리에 갔다
30킬로 박스 어지간히 무겁다

그 이름 '필립파'
솔로몬 아일랜드에서 온 피부가 까뭇까뭇한 친구
만나면 올개닉 우유 한잔에 시리얼 꿀까지
제공하는 손길에 늘 감사를 지닌
크리스천 공동체의 한 사람

우울함까지 떨쳐 버리게 해주는 수준급의 사랑으로
여유를 주는 그들의 삶도 아름답기도 하다
가까운 거리는 아니지만
6년간 학교 점심 도우미로 함께한 친구다

30킬로 무게를 싣고 가는 도요타 아쿠아
좁은 도로에 유턴하기에 어려워
쉽게 돌 수 있는 곳까지 달리다 보니
철로 갓길에 오롯이 지켜보는 양들의 모습도 보인다
4칸을 달고 달리는 기차도 가을을 만들어간다

특별한 날이라도
$20불 입장료로 이런 풍경 어찌 보겠는지
엔틱 차들이 수십 대가 줄지어 간다

값을 매기기 힘든 납작하고 긴 벤츠
오픈카에는
늙수그레한 백발 부부의 행복한 웃음도 그득하다

방탄 캐딜락도 보인다

한국에서 보지 못한 그야말로 엄청난 호사다
마음 같아 선
퍼레이드 하는 광경도 보고 싶지만
갓길에서 신나게 본 것만도
보너스 타는 기분으로 오랜 기억에 남을 듯하다.

어디를 가나
짧게는 반나절 길게는 하루 종일 행복할 수 있는
곳곳에 수놓았던 풍경을 보노라면
스쳐 가는 여정의 따스함도 풍요로움에 매달린
당신이 준 풍경은 숭고함이 아닐는지

증손 며느리

물 한 방울이 모여
바위를 쪼갤 수 있다는
"수적천석(水滴穿石)"
육 남매에게
귀가 달도록 이야기하셨던
어머니 말씀을 이제야 깨닫는다

**
몇십 년의 바뀌는 초가을 맞는 아침
추적거리는 지나간 날들 생각하니
묻어놨던 가쁜 숨결이었던 것 같다

살다 보면 잊을 수 없는 일이 하나쯤 있다
내가 태어나기 전 20명 식구
가마솥에 장작불 지펴가며
밥 세끼를 해 먹던 옛날 힘들었던 장손 며느리
효부상 받으실만하지요

우리 집 모두 교육자 집안
서울 경성 사범학교 졸업하신 인재였던 할아버지
9남매를 두신 할머니께서는 경기여고 1회
자랑스러운 리본이 반짝거렸던 할머니

어린 마음에 한문 공부 가르쳐 주셨던 그 날들이
마음 언저리엔 속속 남아 있기도 하다

널찍한 300평이 넘는 넓은 곳 중
붕어들이 언니 오빠의 친구였던 연못
술래잡기할 정도로 너른 땅에
꽃들이 정리된 예쁜 정원의 기억이
지금도 내 마음엔 꽃물로 남아있다

강원도 도청이 있는 옆 동네
풍경이 아름다운 나무로 둘러싸인
동화 같은 집에 살면서
최 교장댁 문패를 달고
다 담을 수 없는 엄했던 유년 시절이
아물대기도 한다

전쟁의 슬픔
모든 것을 내려놓고
삶의 길은 새롭게 갈리어
안정될 때까지 꿈을 담고
굽이굽이 숨죽여 살았던 가족 모두
막혀버림을 뚫고
어머니의 한마디 한마디 건넸던
하찮게 들을 수 없었던 한 움큼의 말씀까지도
그때가 행복이었었다

육 남매 DNA
물려받은 언니 오빠
교장으로 모두
훈장을 사진틀에 넣었으니
바랄 것 없다고 말씀하셨던 어머니
최씨 가문 지키시느라
애쓰셨습니다
자식을 위해 돌아가실 때까지 기도하셨던
어머니의 축복
작은 숨결까지 그리움으로 있다

들풀도 잡초도 예쁘다

내가 이름 붙여준 하얀 별꽃
겁 없이 옆집 담을 넘었다
구석구석 계절에 전령사
아담한 공간에 앉았던
묻어놨던 내 사랑

자두꽃 희나리
퍼붓던 지새운 밤 흔적 바라보며
산당화꽃 흐드러진다

소슬바람에 창턱에 녹아 따라 들어온
주황색 저 베라 꽃
사랑꽃 폭삭 주저앉은 레몬
으스대며 꽃등 지고 온 사과나무
파릇파릇 기지개 봇물 터진다

돌담에 기대 있는 포도나무 일곱 대
무화과 매실 피 조아
달콤함 가득한 블루베리 모두 붉은 시

그동안 꽃봉오리 터트렸던 화사했던 꽃들이

내년을 기약하며 꽃비가 되어 하나둘씩 흩날리고
그나마 사랑을 주는 할 말 많은 코스모스꽃
환한 웃음으로 널브러져 있다

애잔한 풀벌레 소리
꽃밭에 무리 지어 귓전에 일렁일 때마다
가을은 선명하게 내 마음 곁길에 서 있는
계절의 언어는 마르고 닳도록 서성거린다

때맞추어 가을의 소상함이
그득히 넣어있기도 하는 선물함에 꽉 찬다

가끔 웅크려 잠자던 겨울이 네 활개를 칠 때
감나무 향수에 젖는
익어가는 주홍색 열매가 주렁주렁 달린 것이
눈앞에 가득하다

잎만 무성했던 우리 집 4년생 감나무
잎만 빨갛게 물들어가고 있다

비바람 불어대는 축축한 날씨
새콤달콤 진 초록색 피 조아 아침이면 한 소쿠리
식탁에 오른다

침을 고이게 하는 특별한 과일
가격이 비싼 만큼 세계에서 이곳에만 있다고 한다

오늘따라 띄엄띄엄 오는 빗줄기가
향수를 만들어내는 찬찬함도
커피 향에 스민다

아스라이 보이는 것

후끈 달아오른 햇살에 찔레꽃 필 즈음
짙어지는 초봄 좋아하는 예쁜 꽃 소리 담으러
공원에 나왔다
맑고 상큼함 채워진 공기도
오늘따라 길섶에 멈춘 무리 진 햇살 춤사위에
덩달아 흥겨움이 눈부시다

아스라이 지나치는 야심에 젖어든
코끝에 스치는 연한 연둣빛 이파리
비움이 무엇인지 되뇌며 쉼도 없이 걷는다

영글지 않은 빼곡한 푸르름
시들지 않는 곡선 길에도 엷은 봄의 소리
초록빛에 물든 산새를 바라보니
선물처럼 온 콩콩거리는 장난꾸러기 잉꼬 두 쌍
사람들 시선을 모으기도 한다.

토막 나는 소리를 뒤로한 채
무르익어가는 아련한 꽃들의 향기를 밟고
오는 봄맞이 온 사람들의 웃음소리

건드러진 벚꽃 하나둘 꽃비 되어 흩날리고
틈새마다 메우는 다민족 화려한 오방 색깔

곳곳에 채워진 새소리마저
마음은 풍요로 채워지니
흠 하나 없는 경이로움에
벅찬 환호 소리엔 설렘으로 이어진다.

남루하고 차갑던 겨울에
오갔던 온기 담는 쉼터에 잠시 머문다
맑은 물소리 나는 호숫가엔
청둥오리 한 쌍이 다정하다

새끼들 노는 모습에 지켜보는 모성애
가까이 가면
움츠렸던 목을 길게 빼고
두리번거리는 것이 기특하다.

엄청난 수의 새들은
굳이 날거나 경쟁할 필요 없는
저마다 독특한 모습을 지닌 다양성에 놀랍다

사랑을 탐하며 쫓아오는 바람에
흔들림도 모두 봄의 예찬이다

만 보 걷는 흔들림은 집에 갈 시간
얼굴과 얼굴이 이미터 간격
백 미터 미인마저 빼앗아 간 록다운 레벨4
숨죽인 듯한 답답한 석 달 지난다

풍류를 즐길 줄 알아가는
봄 타는 사계절의 산천초목
이 꽃 저 꽃을 보아도 탱글탱글하다

또 다른 풍성함에 따가운 볕은
얼굴에 주근깨 달아주는 세월의 연륜으로
흔적으로 콕콕 찍어 놓는다

연못에 비추는
더 맑아 보이는 웃는 모습이
흐뭇해하는 표정도 동행이더라
그러고 보니 종지박만한 설렘도 담아보니
일품의 봄 소리다

친구의 웃음

삼십 년 만에
웃는 웃음이 좋아서
부둥켜안고 말을 잇지 못했다

세월이 주는 삶의 구김살이
애잔하게 서려있어
서로의 눈망울에 짙어진 우정이

삼십 년이 삼백 년 같아
목백합 피었던 교정에서
수줍었던 순수함이 실타래 되었다

얼싸안았던
그 시간이
고운 네 얼굴에 행복이 있어

네 마음 안에 따뜻함이
또다시 날갯짓할 때
노을이 깔리기 전 숨 돌리며

꽃가람 흐드러질 때 또다시 만나자

친구야
더 커다란 웃음으로

♡♡♡
은은한 향기가 있는
동창생들을 만날 때마다
야생화 같은 꼿꼿한 모습은 어디론가 숨어 버리고
잔잔한 모습만 있다

혹독한 추운 겨울을
보내야 하는 춘천
사계절이 뚜렷한 것처럼
수난의 길에 다져진
우리들의 모습인 양
모두가 빛깔이 다르다

이역만리 사는 난
가끔 한국에 들어온다

주절주절 풀어놓는 사람 사는
훈훈한 이야기를 듣다 보면
밝은 햇살도 보이고
촉촉한 이야기에
위로의 시간도 갖는다

가슴속 깊이 와 닿는
사랑하는 친구들
삶의 방식이 다 다르지만
또 다른 신선함이 있어
각자의 향기에 마음만 놓고 간다

제3부

수채화에 담는

이야기

어느 배우의 사진을 보며

변한 모습에 축축한 9월 맞는다

우리는 세상을
무의식적으로 살아가진 않는다
다람쥐 쳇바퀴 돌듯 살아가는 듯하지만

구불구불 지나갔던 시절의 의미를
나뭇가지의 새잎 돋듯이
하나둘 꺼내어 볼 때가 있다

때론 내동댕이치고 싶은 것도
끌어안아야 할 때가 있지만
뜻 없이 흘러 바라는 것도 있다

평범한 길보다
굽이쳐 흐르는 강줄기를 바라보며

같이 가는 삶의 언저리에 때론
놓아야 할 것을 슬그머니 놓아야 하는 때도 있다

8월의 청잣빛 푸르름처럼
바지랑대 치켜세워 햇살을 널어놓듯이

낭만의 어휘들은 펄럭이면서
빽빽이 채웠던 흘러간 시간으로 되돌아 걷는다

박세리와 초보자의 만남

1
슬쩍슬쩍 참견하는 골퍼의 웃음
어제저녁 유명한 골퍼와
골프 치는 초보들에 웃음을 우연히 봤다
푸른 초원을 밟고 툭툭 털어버리는 마음도 보고
목적지에 초점을 찾는
망원경으로 거리 조정하는 그들에 찬찬함도 보았다

어쩌다 거리를 내고
버디를 하면 방방 뛰는 모습도
딱 소리를 나면 굿샷
찰싹 소리를 내면 영락없는 오비
또 호수에 들어가면 쓴웃음보다
초보니까 합리화의 웃음으로

지도 선생과 함께

폼생폼사란 말을 간간이 들어가며
그립 잡는 것이 가장 중요
스윙할 때 도움이 된다는 것을 강조
6개월 개인 레슨 받았는데도 쉽지만 않았다

'프로보다 인생을 즐기라'는 지도 선생의 강조한 말이다
기초적인 것 몸의 무게 잡아 주며 툭 치라는
한 마디 한 마디 머리에 입력하며

소중하기도 했던 그때
골프 시작했던 그때를 그려가며 TV 보고 있다

예쁘고 날씬한 몸매를 갖춘 탤런트
배운 지 3개월 되었으니 뭐가 뭔지도 모를 때
유명한 골퍼와 치는 것도 복 중에 복이다

아침 창을 열면 떠오르는 먼동이 예쁜 이곳
영화 한 장면이 펼쳐진 듯한 골프장
그린색이 펼쳐진 넓은 잔디 위에 하얀색 골프공 철석
부딪치는 소리와 함께 걷는 감동적인 이곳 골프장
젊음은 빛이 난다고 했지

2
마늘을 까며 보다가 옆으로 쓰윽 밀어놓고
옛날을 생각하며 까르륵 웃어대는 나는
다를 바 없는 왕초보 때 웃음
자신감으로, 긍정적으로 살아가는 것도 멋진 삶

사실 머리 올린다는 말도 이해를 못 한 채
서울 뚝섬 9홀에서 머리를 올리라니 지도 선생과

친구 셋이 따라갔을 뿐
거리에 따라 드라이버 아이언 퍼터
바꾸어 가는 것도 만만치 않았다
내 심장을 뛰게 했던 시간은 도전이었다

그런대로 시작은 좋았다
푸른 잔디에
맑은 공기 마시며 새들과 노래하며 치다 보면
세상이 다 내 것
가끔 오비도 나오고 벙커도 들어간다.
그것뿐인가
호수를 넘기는 것도 주눅이 들어
퐁당 소리도 여러 번이라
잘 치면 굿샷 방방 뛰는 탤런트 모습이 내 모습

그런데
중년 신사가 혼자 치다 순서가 우리와 겹쳐졌다
다리도 튼튼한데 툭툭 치면 되는데요!
툭! 말대로 쉬운가^^
일단 순서를 젖히고 먼저 치고 가면서
자기주장을 펴는 당당함은 좋았는데

매너부터 가르치라고 선생한테 이야기 한마디
그렇게까지 할 게 뭐람!
웬걸 오토바이 타고 직원이 득달같이 와

입장료 내줄 터이니 나갈래요! 조용할래요!!

열정을 쏟는 두려울 것 없는
사십 초반이라
참지 못하는 웃음이 많았기도 했다
잘 치면 목소리가 커지고 못 쳐도 그랬다
선생님 죄송하다고 인사를 하고
그때부터 새소리가 들렸으니
허 기사 정신없이 집중했었던 시간
어지간히 떠들었나 보다

언젠가 성숙한 눈으로 세상을 바라보는 때가 있겠지
TV 프로를 보면서 행복했던 시간
여전히 그들은 웃어가며 즐기고 있다

나는 요리사

양고기 넓적다리 푹 끓여서
육개장 끓이듯 채소 듬뿍 넣어 끓이면
양보탕이라 했다
오늘은 이웃사촌 동생이 끓인 양보탕 준다고 오란다

허물지는 해를 바라보며
땅거미 지기 전 움직여야만 하기에 서두른다
(코로나 록다운 레벨 3 걸리면 4천 불)
은근히 새로 산 차 자랑하고 싶어
행복한 마음으로 작은 것 큰 것 냄비를 고르다
중간 냄비를 들고 나섰다

한국에서 먹어보지 못한 음식이지만
뉴질랜드 와서 먹기 시작했던 음식
몸에 좋다니 먹어보니 독특한 진국
가족을 위해 가끔 끓인다

소고기 같은 맛 들깻잎만 듬뿍 넣으면
구수하다는 것
.
.
나이 40에 논현동 차 병원에서
작은 수술을 한 적 있다

지름 3센티 달걀만 한 혹을 제거
6일 입원했다가 퇴원해
제일 먼저 한 상 차려준 남편의 사랑
수술 후 회복에 좋다는 보신탕

가족들이 집에 들어올 즈음
5미터 정도만 되면
자동차 소리 발걸음만 들려도
응석 피며 살래살래 흔드는 꼬리
영리했던 풍산개 몇 년 동안 가족이었기에
이민 오느라 농장으로 돌려보내 놓고
얼마나 서운했던지
설레발 떨던 내숭도 무너져 버렸다

집에서
은마 아파트 상가 5분 거리
지하에 탁 트인 허름한 보신탕 간판은 딱 한 집
처음엔 마다했지만 먹어보니 소고기 같은 맛 맞다
들깨 두 수저 넣으면 구수함이 짙어져
몇 달 동안 주마다 한 번씩 갔었던 곳

허식 버리고 풋풋하고 순수했던 그때
지금은 허기진 마음으로 고향에 오가기도 하지만
창작하며 소재를 고르는 것에 한몫
글쟁이로 있는 것이 뿌듯하기도 하다

양고기 국을 얼큰하게 끓이면 보신탕 같아
한국 사람에겐 제격

누군가 젊었을 때 보신탕 먹어 본 사람은
건강하다는 지인의 말에 웃는다

이민 생활, 숨 막히던 날도 있지만
어디 가도 살아가는 데 필요한 만큼
시간을 비우고 채우는 값진 시간이 오기 마련
우리들에게 오는 여유
새들의 천국만이 아니다

이곳 제일 비싼 고기가 양고기다
제일 싼 값에 놀라지 않을 수 없는 소고기
소꼬리 하나에 3만 원
가격 비싼 고기부터
양고기- 닭고기- 돼지고기- 소고기

이민 생활이 그렇다
텃밭을 이용한 채소를 애용해야 하고
오매불망 어쩔 수 없이 현실에 적응해야 하고
가끔이고 지고 살아야 할 일들은 무수하다

동생 집에 도착해보니
큼지막한 고깃덩어리 제법 많다
국물은 들깻잎이 없어 머위를 넣어 쌉쌀한 맛

주는 것이 고마워 사랑 놓고 온다

밖에 배웅 나온 동생
언니 차 예쁘다♡♡♡
아담한 언니 딱 맞네!!
괜히 신나 차 안에서 흥얼대는 내 모습

쓴맛 때문에 고민을 한 끝에
경험한 다년의 노하우
나는 7식구 특별 요리사 아니었는지
양파 3개 멸치 다시마 넣고 또 끓인다
비 단위에 꽃을 더한 맛은 환상의 그 맛

객지 나와 고향을 등에 업고
몇십 년 지나는 이곳 생활
햇볕에 싣는 소중했던 일들이 새록새록하다

고맙죠

영원히 함께하자며
반짝거렸던
눈빛이 엊그제 같은데

어느덧
희미하게 지나버린
그때 약속을 들추어 본다

하나둘 감추어 버린
빛바램이 새롭게 멋져 보이고

한 겹 두 겹 쌓인
계절에 변칙
아름답게만 보인다

계절에 어김없이
나 뒹구는 낙엽을
몇 번을 돌려보냈는지

세월은 유수 같다는 말을
되네 이는 나이가 되었지만
함께했던 거미줄 같은 사랑

부족한 것이
많아도 늘 멈추지 않고
끊임없이 격려를 아끼지 않았던

멋진 후원자

흐뭇한 미소로
포도 알갱이처럼 하나둘
용기 주는 듬직한 여보야
사소한 일에도 아낌없이 존재감을 주며
지극했던 격려의 말

잃어가면 스쳐 가버린 세월이었다 해도
관대했던 당신은 나의 힘이 되었다

성도 다른 남편과 48년째
부부의 연으로 무탈하게 살아간다
가끔 티격태격 뒤섞이는 언어도 있지만
서로 인정하며 넘겼던 이야기엔
행복한 삶의 실행에 옮기는 하나님의 자녀들이기에
가능한 일이기도 했지만, 하나님의 선물이기도 했다

부엌 창문에는 누구든지 볼 수 있도록
대문짝만한 붓글씨로 쓰인 글이 붙어있다
"주는 그리스도여, 살아계신 하나님의 아들이십니다"
최고의 날이 될 수 있도록 하루의 습관을 길들였다

커피 향에도 담을 수 있는 테이블에서도
보일 수 있도록 조명되었으니
우리 집에 오는 사람들에겐 커피를 꼭 주어야 한다

나쁜 생각에 옭아맨다는 것은
아름다움을 저버리기에
혼탁한 시대를 움직이시는 주님을 바라보며
오늘도 한 절 묵상

시화전

곳곳에 행사장이
떠들썩했겠습니다
고운 시인님들의 얼굴이 하나둘
시선을 사로잡고

산골길 화려하게 수놓은 설렘으로
천수 국에 기대
싸여 온 세월의 흔적을
한 장씩 넘기고서야
따사로운 햇살에 시인의 소중함을
나누셨으리라 봅니다

특별한 시간들
멈춤은 잠시 잠깐이지만
빼곡히 시어들이 자유를 누리며 출렁거릴 것에
잠시 가슴으로 사랑을 보냅니다

속 깊은 이야기 나누며
글 속에 담겼던 서로의 할 이야기
쏟아붓는 그 자리에
행복한 마음 신고 발을 동동거렸지만
그것도 행복한 시간이었습니다

신선한 가을 초입에
맑고 푸른 가을빛에
한들거리는 살살이 꽃 보는 듯

이곳은 가을 온종일 시간을 늘려가며
흐드러진 꽃 이파리
녹두색 이파리에
이름을 붙여본들 감흥은 고향으로 가니
꽤 가고 싶었나 봅니다

일상이 이어지는
지나가는 하찮은 소리마저
단순한 이민 생활에 젖는 날
여물어가는
맛깔스러움과 달달함이 위안입니다

영상 스크린처럼 지나치는
풍경이 바뀔 때마다
단순한 삶 속에 특별한 대우를 받는 듯

인생을 반을 훌쩍 넘긴
반백이 되어버린 붉은 꽃 가슴에 안고
안식을 제공할 곳을 싣고 온
붉은 노을 아래 서 있습니다

수채화의 주인공

모질던 산새 바람
산마루 노래 짓는
내 마음 연분홍빛
다그친 달콤함도
물먹은 두견화처럼
해마다 온 첫사랑

동그란 웃음마저
생각은 두근두근
두툼한 네모난 말
굴리며 정답다네
나에게 남긴 발자취
수채화의 주인공

내 그림자와 함께 걷는다

나란히 줄지어 서 있는
건물들을 바라보며
모처럼 바람과 함께 걷는다
십 리의 짧은 거리도
내 걸음으론 조금 먼 듯하다

한적한 공기 어디나 쏘다님처럼
아름다운 시골길
말없이 걷다 보면
때론 말라비틀어진
들풀과도 이야기를 건네고

바람에 흔들리는
고즈넉한 쑥부쟁이와도
지나간 이야기를 꺼내본다

색다른 계절은
차곡차곡 자연의 순리를 받아들이며

여전히 변함이 없이
바람을 맞는 잔설로
비틀거리는 밭두렁도 함께 걷는다

장난기와 웃음 많은
그림자를 바라보며
없던 이야기도 만들어가며
눈을 맞추기도 한다

때론 할 이야기는 많은데
멈칫거리며
옷매무새에 신경 쓰는 서로의 몸짓
한참 버무린 속 깊은 이야기로
맛난 웃음 짓고 나눔의 남겨진
시간을 재어보며 또 걷는다

또다시 돌아가야 할 길인데
천진난만한 숭숭 거리는
바람에 기대다 보면
살갗에 부딪히는
영하의 찬 기온
오랜 세월을 그랬듯이

무뎌져 함께 비비며 가기도 하고
그렇게 해찰하며
발길 멈춘 곳은
내 몸 오랜 세월 담겨있는
내 둥지였다

가끔 때 묻은 질문이
주제넘게 끼어들어 글 앞에 서성이며

질주하는 승용차들의 소음에 주춤거린다

눈에 뜨이는
단조로운 시골길로 들어서니
드문드문
신호등에 멈추기도 하고

먼지 쌓인
빨간 전화박스 있는 정거장도 보인다
깍지 낀 대화 속에
마음을 나누는 시간
한적한 긴 의자에 앉아
누군가 기다리는
이름도 꺼내어 놓기도 한다

한땐 방방이질 하던
거침없었던 열정으로
건강했던 마음과 생각이 출렁거릴 땐

그리웠던
고향 좋아했던 사람을
노래로 적어 놓기도 했었는데
어느덧
아쉬움의 덫이 가로막고 있는 듯하기도

땀이 나도록
함께한 맑은 공기
곧 서둘러 떠날 때쯤엔

비옥한 봄기운이
꿈틀거리고 있을 순리의 인기척이 느껴진다

오롯이 첫눈이 오는 설렘으로
가뿐히 십 리 길을 다녀오다 보니

또랑또랑 내 마음을 수놓았노라는
작은 안도감을 체험한다

장난기 있는 말 사랑하고 있다는
형용사 동사의 명소
함께 걷는 바람도 잠잠해지니
예쁜 새소리도 잔잔하게 이어간다

감사

답답한 병실에서
한참만에 친숙한 글이 카톡에 떴다
빵빵 또 터진다
개그 콘서트에서나 볼만한 유머스러움
워낙에 말도 없었던 친구라
너그러워지는 것은 세월 탓일까^^

다이빙은 수영장에서나 하지
고작 데크에서 다이빙!!
그것도 1미터
카톡으로 주거니 받거니
웃음을 주는 친구가 있어 행복한 하루를 열었다

내심 보름 동안 저려오던 중
태양도 그립고
밝은 표정들도 만나고 싶었다
싱그러운 공기 마시고 싶고
수다쟁이도 되고 싶었다
자유로는 시간이 소중하기도 했기도 했다

퇴원하는 날 난 아홉 살이 되었다
야호!! 소리를 거듭할 때

옆 침대에서 함께 기뻐하며 균형을 맞추어 주는
활기차 보이는 웃음
그도 하루 만에 퇴원이다

어젯밤에 얼마나 코를 골든지
남자들만 코 고는 줄 알았다

겨울 초입
경매에 낙찰된 듯한
남가연꽃 같은 예쁜 가을 햇살에
단풍이 조금씩 익어간 곳곳은
맑고 개운하다

며칠째
퍼붓는 햇살을 고마워하면서
집 뜨락을 걷는 것으로
만족해하는 시간이기도 하다

며칠 후 늘 해왔던 것처럼
40분을 휘청거리면서
걷는 감사가 있어 뛸 듯이 좋다
군데군데 단풍으로 물든 산새가 반갑기도 하고

발가락이 물집이 생기고
숨이 턱에 차오르도록
해발 365미터 토타라산을

거뜬히 걷던 내 모습이
부럽기도 하고

뿌리까지 뒤엉켜 땅 위로 나와
맨질맨질해진
몇백 년 넘은 대수롭지 않던 나무들이
오늘따라 감사함이 일렁이는지

평화롭게 보이는
초롱한 파란 하늘이
회복을 주듯
대안 없이 쏟아낸 햇살이
여물어 보이기도 하다

그리움으로
색소를 넣는 담채화에
주인공이 된
뜨문뜨문 보이는 단풍나무

주님은 경이롭다
베풂도 경이롭다
또 하나 나에게 온
토해낸 소스라친
내 삶의 표현마저도
주님 주신 언어들

흩어진 사람들이 힘들 때 찾아오니 고맙다

정다움 가득 찬 끈질긴 이야기들
달콤새콤 알록달록 사랑 바구니에 채웠던 웃음

기도로
사랑을 담아 걸쭉하게 쒀 왔던
찹쌀 강낭콩 호박죽

올리브기름에 절어지도록 노릇노릇 구워
언니 좋아하는 배추 부침개 보냈던 정성

못처럼
삼선 해물밥
삼선 짜장 대접에 허물없는 너스레가 더 좋았던 시간

닷새 동안 먹어도 질리지 않는
들통 한가득 끓여 온 푸짐하고
엽엽한 마음에 구수한 배춧국

보암직도 먹음직도 한
토씨마저 예뻤던 웃음
적당히 짭조름하고
달달한 맛깔스러운 LA갈비
비릿한 바다 냄새가 흠뻑 나는
참치 연어 광어 몇 마리가

배 한 척에
고스란히 담겼던 과분한 사랑
아플 땐 영양 보충이
최고라며 바비큐 통이 휘어지도록 베풂도
눈물겹도록 고맙다

글 쓰다 주제넘게
즐거우면 웃음으로 오갔던 정다움
때론 툴툴거리는 내용을 쓸 때도
노을은 쿨하게 짠 내를 들어낸다.

또
주님 앞에 무릎 꿇어앉으며
허둥지둥 회개의 자리에 있기도 하면
다음 줄엔 어미 마음처럼 푸근하다

어느 때인가
두 아들을 키우면서 때론 힘들었다가도
그들을 바라보면서 평온함을 찾았을 때가 있었다.

고맙습니다
병원에서 퇴원해 기도 덕분에
감사하며 쉼 하고 있습니다

사랑을 나누는 인사

이틀 동안 줄곧 비가 온다
흠뻑 들이켜는 축축한 영양소에
선홍빛 무릇꽃에
이파리만 무성하다

바람 빠진 풍선 같은
그림자를 밟으며
정원을 반 틈만 돌다 보면
초여름 따사로움에 마음을 흔드는
작은 꽃들이 새록새록 눈 안에 들어온다
또 오려니 의미를 따를 뿐

먼 산 아지랑이 아롱질 때
소소리 바람 찾아오고
벌 나비 쫓아버리는 얄궂은 날
흔들리며 자두나무꽃 흐드러진다

하늘도 무심하지 7년 동안
무성한 꽃 이파리 바라보다
잘라 버려야겠다 궁리를 하다 보니
작년부터 딱 하나씩 달리는 심보 무 엔지

묘목으로 꾹꾹 꽂아놓은
찔레꽃, 산당화꽃

망울망울 쏟아지기 시작하니
비어있는 하늘에
청잣빛 꽃 수 채워진다

스스로 균형을 잡아가며
산고 끝에 성숙하고 탄탄한 열매를 맺는
핑크빛 복숭아꽃
하얀 배꽃 닮은 블랙베리
하룻밤 자고 나며 손마디 굵기로
쑥쑥 커간다

단옷날 생각나는
화려한 여인의 자태로
고고함이 배어
온통 하늘을 달구는 회록색 타래붓꽃

그뿐인가
일명 들국화라 부르는
아홉 마디 끝에
꽃을 피운다는 구절초
하얗게 피어 월 하에 빛이 나니
그 옛날 데이트하던
둑길이 그립기도 하다

여행 중 강가 둔치에서 옮겨다 심은 것이
친구들에게 나누어 주니
그 또한 풍요로워

세월의 무게에 훈장은 또 하나 달릴듯하다

여일하게 담 위로 뻗어 가는
눈부신 홍보라 '부켄베리아'
담 넘은 꽃에 반해
옆집 인도 사람 고맙다 눈웃음

셀 수 없는 꽃 종류에
오늘 하루도 끝맺음이 늘어질 듯
하늘이 베푸는 자연의 순리에
푹 빠져 오늘도 반 토막으로
끝을 맺어야 할 듯

계절의 순서를 설명하는
발끝에 웃고 있는 제비꽃
난 너의 의미를 느낄 수 있어
오늘도 행복에 머문다

춘천에는 유명한 박사마을이 있다

어느새 몇십 년 전
온통 하얀 눈밭로 예뻤던 박사마을 이야기
하나씩 꺼내어 놓다 보니 오늘도
또 다른 애착을 그림으로 남긴다

주말이 되면
추억들이 단풍이 지고 있을 곳을 찾아가
수려하고 아름답던 그리운 고향에
머물 수 있는 공간을 남겨 놓고 있던 중
또 다른 남겨진 아름다운 곳으로 간다

어느 해 초가을
환갑여행으로 미국으로 이민을 가셨던
막내 고모 고모부께서 고향을 찾아오셨다

학교 관사에서
지냈던 정답던 유년시절
그리움으로
방문을 계획하셨던 곳이라며
함께 가 주겠냐는
특별 주문이라 말씀하셨던 고모님이다
두 아들 학교에 보내고

은마 아파트 큰어머니와 고모부
고모 모시고 차를 몰고 출발

코스모스꽃이 널브러져
짓무르도록 호강을 시켜주었던
단풍 짓던 경춘 갓길

아름다운 고을이라는 이름을 짓는
잣나무도 많았던 가평마을 지나다 보니
구수한 옥수수와
군밤 굽는 냄새가 코를 찌르고
햇과일이 박스마다 가을 가락으로 채워진다

고사리 취나물 도라지
표고버섯 더덕도 있다
강원도 구수한 향이 담긴
말솜씨에 반해

한국에 안 오셨던
작은 아버지댁, 고모댁, 시집간 조카네까지
선물로 몇 킬로씩 박스에 담아 뒷트렁크에 싣고
북적북적 대던 가평을 뒤로하고

수분이 꽉 찬 달달한 옥수수 알갱이가
고향 맛을 달고 달린다

여행길에 산바람 강바람
맞는 즐거움도 있었던 시간들
소양강 줄기 맑은 물을 끼고
굽이굽이 추억으로 남는다

변하지 않았던 함석지붕도
빨간 고추 말리는 초가을 멍석도 보인다

자연이 준 고마움이었을까?
한참 가다 보면 고모의 치솟는
행복은 안고 줄곳 감탄사에 즐거움도 초가을
복식 호흡의 젖은 배통으로 웃는 웃음소리도 익어간다

강촌을 들러보니
젊음의 통기타에
배낭을 짊어진 낯선 남녀들
주말을 즐기러 온 모양이다

헐렁해진 기차 기적 소리 맞추어
소양강 물줄기
시원하게 서울로 향한다
산행을 즐겼던 삼악산 돌아
의암댐을 지나니
억새 잎 뉘엿뉘엿 가을빛에 묻혀있는

유명한 박사 마을도 보인다

초등학교로 이름이 바뀐
신남 국민학교 팻말이 보이고

선생님 구령 소리도
아이들의 함성 소리도
풍금 소리에
과꽃 노래가 흘러나오기도 했다

교무과에 들러 교장 선생님 뵙기를 요청
넉넉해 보이시는 교장 선생님
반가워하시며 융숭한 대접을 해주셨다

어려운 시대에 일제강점기)
2대 3대 4대 연임을 하셨다며
최명규 이름 석 자와
벽에 걸린 빛바랜 사진틀 내려놓으신다
우리가 자랑하기 전
자랑을 채워주셨던 교장 선생님의
흥건했던 사랑의 시간
마침 연감을 만드신다고
반가워하셨다
오빠는 도 장학사로 있을 때여서
잘 아신다고 동생이라고 반가워도 하셨다

신남초등학교 연감은
두 달이 넘어서야
큰 언니 집으로 보내주셨다
우리 형제들에게 나눔은
한동안 감회가 있었던 시간이기도 했다

자랑으로 남았던 가보로 이곳 이민 올 때
짐 속에 싣고 왔었던 할머니 할아버지 추억
맏며느리였던 어머니에겐
큰 언니와 함께 젖을 먹이며
아들딸처럼 키워주셨다는
사랑하는 막내 고모와 시동생이었던
고모와 작은아버지
언니 오빠와 한두 살 차이에 가능한 일

미국에 소포로 보내며
두꺼운 글이 오갈 때 어머니는
설렘으로 시동생 시누에게
장편으로 쓰셨던 사랑의 편지
맏며느리가 돼보니
조금은 그 마음 알 듯했다

하기야
할아버지 할머니가 교육 공무원
늘 전근 다니셨기에

가끔 어머니 몫으로 키워주셨던 것이
온통 사랑 덩어리

끔찍하게 올케를 챙기는
고모이기도 했다
비자 받기 어려웠던 35년 전
고모 초청으로
6개월 미국 다녀오신 어머니

물가가 우리나라보다 엄청나게 싸다며
육 남매 쌀 한 가마씩 사라고
십만 원씩 주셨던 생각이 나기도 한다

고모네와 작은아버지
빛바랜 가족사진을 보며 웃음을 나눈다.

창턱을 넘는 새들의 차오른 소리들
곱게 내리쬐는 햇살이 오늘도 붓심으로
여물어 간다

과장님 사모님 이야기

허다한 부부의 생각
속 들여다보면 거기서 거기
세모 네모꼴 결국은 동그라미 모양

남편 동아건설 건축부에
계장일 때 아들 하나
난 꽃 새댁 20대 후반

어느 날
남편 과장댁에 초대받았다
벚꽃 터널로 눈이 부셨던 여의도
아파트 단지

예배드리고 갔으니
오후였지 싶다
사모님 볼타구니는
화가 잔뜩 채워져
추운 겨울 같아 불그레했다

식사 준비하시다

아침에 있었던 이야기 하시며
"말다툼 끝에 남편이 먼저 교회 가고
5분 후에 갔는데
하필 남편 뒤에 앉게 되어
화가 슬그머니 나서
방망이만 있으면 뒤통수 타당!!
한 대 때리고 싶었다고"
솔직히 털어놓았던 짧은 이야기다

깨닫는 지혜를 알아가면서
내키지 않았던 일에도
그동안 조화롭게 살아왔는지 뒤돌아본다

사실 투덜대고 화를 불러대는 일이 없다면
살아가는 재미도 없었을 것 같은데
그나마
우리의 마음을 조정해주는 주님이 계시기에
내 자아와 집착을 버리자고 하면서
토닥토닥하며 살아온 나의 일기장 들춰본다

나보다 나이가 한참 많았던 사모님
웃지도 못하고 마음 한구석에
꼭꼭 박혀 입가엔 미소 가득한 날이 되었던 시간

수십 년 살다 보니
부부 살아가는 것은 거기서 거기
소박한 삶을 꺼내어 웃는다

어느 해 6월 일기장

억수같이 오는 장맛비
비가 어찌나 많이 오는지
장맛비에 바짓가랑이 두 겹으로 접고
등굣길에서 비닐우산 쓰고 가던 날
바람이 불면 앙상한 버팀목 나뭇대가
하늘로 치솟고 파란색 비닐 찢겨 배배 꼬인다

이튿날 하늘이 맑개 개이면
햇살을 만날 수 있었던 시간
지금 생각하니 장마철이다

보당 하나만 누르면 좍~ 펴지고
고마움은 넘쳐나지만
찢어지지도 않는 질긴 나일론 천위에
물방울 동그라미 무늬가 예뻐
물 고인 넓은 운동장에 찰박거렸던 시간들

출렁대며 쓰레기와 친구 했던 고인 흙탕물도
그립다며 적어 놓았던 어느 해 6월 20일 일기

끊임없이 세상은 불가능한 일도
연구하는 이들이 있어 감사할 일도 많다

구수한 옥수수 차를 마시며
초등학교 운동장으로 간다

놀이 기구라고 철봉 옆에
만들어 놓았던 그 내 하나
궁둥짝에 묻어나는 쇠붙이에 썩썩 몸을 맡기며
즐겁다고 까르륵거렸던 나와 친구들
신이 났던 웃음은 지금까지 이어진다

소중했던 우리 아버지
출장 다녀오신 손에는
항상 생선 박스가 있다
웅크리고 앉아 보았던
벌떡거리는 잉어, 갈치, 고등어, 꽁치, 영덕게
눈에 선하다

최상에 큰 통이라 생각했던 드럼통에
넣어두면 장대비에
벌떡거리는 소리는 천둥으로 조용해지고
이튿날이면 어머니 손맛에
매운탕으로 육 남매
푸짐한 음식이 되었던
6월 어느 날
감회로 미묘함이 오롯이 남는다

늘 유월이 오면

4남매 데리고 갔던 피란길 이야기

숯덩이를 얼굴에 바르고
셋째 등에 업고 난 큰언니가 업고

오빠는 쌀 한 말씩 어깨에 메고
걸어 걸어 지도 없는 총성에 밀려
공포와 허기를 움켜쥐고 살얼음 딛고 또 디녀가며
공포에 귀 막고 지친 걸음이
논두렁 밭두렁 휘어진 산길로 가다 보니
막힌 곳이 허름한 목적지가 된
충청북도 청주라고 하셨다

유월은 잊어버릴 수 없는
열두 달 중 애달픈 달이라 입에 닳도록
말씀하셨던 울 엄마 말
북침이라니!
이~~놈!! 남침을 하고

백수를 채우시고 하늘나라 가셨던
엄마의 유월의 이야기
.
병원 검사 결과 보러 가다 보며
줄줄이 밀리는 신호등 앞에서
학교 마치고 집에 가는 우산 아닌 우비를 입고
비 맞는 것을 즐기는 뉴질랜드 초등학교 학생들

틈날 때마다
코쭐쭐이었던 그 시대로 간다
느껴 보지도 못한 까마득한 일들이
스쳐 지나가는 사랑받던 때

도착지를 알리는 병원 앞
먹구름 사이로 눈 부신 햇살이
반원을 그리는 무지개가 마법같이 내 앞에 있다

4월 한라산에 대한 추억이 있다

한라산 중턱엔
눈부시도록
철쭉꽃 겹겹이 싸인 화려함이
간이역이 돼
자연 속에 머문다
밟혀가며
스치는 인파에 흔들릴 때
내일을 만드는 자연의 소리

숨이 턱에 차오르는
햇살에 핀 봄맞이 행각에
탁한 소리 거듭되었음에도
순간순간 행복이 자지러들도록
곧추세우는 백록담의 소리

커피 한잔에 땀을 식히듯
빨갛게 달아오른 햇살에 핀
노루 사슴 눈망울도
나와 부딪치는 낯설지 않은
주문이 스며들면
오늘 하루도 곱빼기로 오는
뿌듯한 당도

제4부

고향을 그리다

아름다운 동행

2년 연애하다 헤어졌다 또 만나
고르다 찌루 고른다는 말 꽁무니 따라다니고
맏이를 피해 왔다 갔다 하는 생각이
오년 만에 골인한 이유였다
좋은 직장에서 발로 차이는 것이 서울대 연대

소품처럼 따라오는 쌉싸름한 유혹의 말들
맏이로 가면 힘들다는 주변 사람들 성화였던 중
걱정하셨던 친정어머니가 사람만 좋으면 하시면서도
"집안을 봐야 하는데"
꼬리표는 항상 있어 주변을 보느라 또 2년
결혼하는 이유는 호락호락하지는 않았다

건축 공학 전공한 평범한 집 맏아들
아버님 돌아가시고 홀어머니와
오 남매 맏이로 남편이 가장이었다

어느 날 콩깍지를 씌워 콩닥콩닥 1년
하늘이 주신 마음
멋지게 맏며느리 잘 해낼 것 같아
두근거리는 마음으로
결혼하기로 결정

홀어머님 공경은 식은 죽 먹기란 말은
어린 마음으로 했던 말
여유롭게 햇살을 보지도 못하는 시집살이
그러려니 살았던 그 시대

서울 거리는 지금처럼 화려하지도
아름답지도 않은, 그냥 소박했던 서울
버스 타고 신촌 광화문 서대문에 사는
사촌 언니들 보러 가는 것이 행복한 시간이기도 했다

아이가 없어 고심 끝에 잠실로 분가하는데
어려움의 극치

그 시대 특이한 시어머니들의 과도기
며느리의 과도기를 거쳐
3년 만에 아들 쑥 나 놓고 보니
무더위 홑적삼 벗어놓은 듯

이년 후 둘째 낳고 보니 풋풋한 나이 30세
어려움 살다 보니 화창하고 맑은 햇살도
보이기 시작했다

세브란스 병원장이었던 사촌오빠가
늘 해줬던 말
아기를 낳아야 젖 물리고 잠도 자고
핑계로 시집살이도 던다는 이야기 많이 해줬다

그 당시 삐쩍 말라 38Kg
사촌 오빠 병원 가서 포도당 주사도 줄곧 맞았다
친정엄마는 노심초사하시고 두 아들 낳고 보니
행복의 꽃이 되어 지금의 웃는 모습을 만들어냈다

무난한 남편 성격이 낭만적으로 쿨하게 웃기도 하지만
서재에 콕 박혀 책과 클래식을 즐겨 듣는 조용한 성격

두 아들 잘 성장해 애들 아빠로
뿜어져 나오는 성품으로
이웃과 친구처럼 지내는 착한 성품

힘들고 험한 시집살이였지만
바꿀 수 없는 것도 지혜로 살아간다
하나님 잘 믿고 가장 노릇을 멋지게 하면
바랄 게 없지 않은지

자식들 입에 밥숟갈 들어가고
'내 논에 물이 차면 밥 안 먹어도 배부르다'라는
옛말이 생각나기도
이민 온 지 첫해 결혼기념일

뉴질랜드에서 안개꽃 봉오리처럼
은은했던 결혼기념일 수 년이 지나
오늘따라 결혼기념일깨나 귀중히 여긴다

속엣말
별 보고 나갔다
집에 와 잠자기 일쑤였던 반쪽짜리 남편

이민 와서 하루 이틀 지나다 보니
호박이 덩굴째 들어온 선물처럼
경계를 지은 것 없이
흥이 나도록 좋았던 세끼 짓던 순수한 일상

남편하고 앉아있는
'불후의 명곡', '팬텀 씽어'
한국 소식 '이경규의 골프 이야기' 삼매경에 빠져
남편하고 이야기하고 웃는 시간표에 동그라미
가장 대화를 많이 하는 날이기도 하다
마찰 없이 살아온 우리 부부의 좋은 점이다

일상 중 쑤셔놓는 결혼기념일
묻혔던 것 잊혀버렸던 것 꺼내어보니
탱탱했고 예뻤던 결혼기념일

11월 달력에는 빨간색으로
공증을 해놓은 듯 기다리는 남편
소년기가 발동되고
자식들에게 어리광을 시도하는 16일
자식들은 챙겨주지도 못하면서 바라는 심보

'돋보인다. 돋보여' 혼잣말이다

난 거실을 왔다 갔다 하며 모른 체하며 웃는다
선물이 쌓이고 용돈이 채워지는 봉투에 모이는
원색은 빨 주 노 초
선천적으로 타고난 착한 아들에게 감사하며 쓰고 있다

두 아들과 꽃꽂이

하루를 열었다
지금 생각만 해도 뿌듯했던 그해
착하고 말이 없던 첫째 아들 형훈이와
뱃속에 6개월 됐던 둘째 아들 슬기
힘든 나날들이 좋아하는 꽃꽂이 공부가 있었기에
버팀으로 어려움을 툭툭 털어버리며 살았다

남편이 동아건설 건축부에 다니다
어느 날 갑자기 사우디아라비아 파견돼
3살 된 첫째 형훈이와 함께
둘째 아들 낳고 삼성동 AID 아파트에서 3년 살았다
복부인으로 말도 많던
대치동 은마 아파트로 옮겼다

맨드라미꽃들이 흐드러진 9월
분양값보다 3백만 원 싸게 구입
친정 언니 엄마 도움으로 31평짜리 아파트에서
너무 편한 생활이 시작되었다

남편 보내주는 월급은
꾸었던 돈을 갚아가며
열심히 저축하며 살던 그때엔
앞뒤로 허허벌판에

논두렁 밭두렁이 보였던 개포동 도곡동
마음은 죽을 때까지 살 것만 같았는데
3년 만에 교수촌 주택으로 옮겼다

도전

안양에 있는 신학교 입학
두 아들은 베이비시터에 맡겨 놓고 열심히 공부했다
도전은 끝이 없었지만
그 열정은 내가 아닌 하나님께서 계획하셨던 시간
늘 새벽길을 나섰다

구원을 알려 주셨고 천국을 알려 주셨다
남보다 하나님 은혜가 폭포수처럼 쏟아졌으니
감사로 은혜로 졸업했다

하늘도 맑은 구름으로 웃음꽃이 피었다
세 살 된 형훈이를 피아노 가르치며
손가락 둥글리는 모양을 제대로 알려주느라
체르니 30번까지 가르치며
깨나 소리를 질렀다

체르니 40번부터는 서울대 피아노 전공한
선생님께 맡기며 열심을 냈다
명석했던 두 아들 남보다 뛰어났지만
공부도 일이등

덩달아 배우는 둘째 아들 슬기
눈치가 빨라 형아가 엄마한테 혼나면
무엇이든 혼자서 잘 해내는
눈치 백 단 둘째 아들 슬기

계획이 있었기에
계속해서 피아노 공부는 이어졌다
어지간히 욕심 많던 엄마 때문에
사계절이 바빴던 두 아들

초등학교 3학년 되던 해
개척교회였던 개포동 지금도 존재하는
'한울교회'에서 반주하기 시작했던 첫째 아들

뉴질랜드 현지 교회에서 정지선 없는
피아노와 첼로 연주를 한다
두 아들 훌륭하게 자라줘서 감사하기만 하다

꽃꽂이 가르치는 시간들

15명이 둘러앉아 직립 자유형 하수형을 공부하는 날
오히려 내가 공부하는 행복한 시간
모두들 흥미진진했다
적은 돈으로 집안이 환해진다면 소통을 배워가는 단계

거실에 꽃꽂이하다 없으면

남편들이 한마디씩 한다며
열심히들 배우는 모습이 고왔다

어느 해
마미칼리지에 서양화 꽃꽂이 배워가며
인턴과정 레지던트 오 년 과정을 마치고
한국 꽃꽂이협회 문향회 지회장으로
대치동 주택에 문향회 간판을 내걸었다
회원들은 늘어나고 일주일 내내 바빴다
주말이 되면 교회 단상 꽃꽂이로
목사님, 권사님, 집사님, 전도사님, 일곱 명이
배우고 신고가는 모습들이 화사했다

일 년에 한 번씩
우련한 빛을 담아가기엔 벅찼었던
서정적인 꽃꽂이 전시회

각 호텔에서 전시회를 하다 보면
자기 작품에서 부단한 노력으로
계절의 소재 꽃 색상에 민감하게 메모를 한다

뉴질랜드에서도
끝없이 연구하는 작가로 활동하면서
회원들과 여러분이 있었기에
오늘만큼 사랑이 그득해진다

내 인생의 찬송가
- 어려운 일 당할 때 543장 꽃처럼

모처럼 화창한 날씨가 좋아
오늘은 이웃사촌 친구 부부와 1박 2일
소금 온천으로 유명한 '타우랑가'로 여행을 합니다

가끔 환경의 변화를 주며
나를 돌아보는 시간이기도 해
인디오 색에 반했던
젊은 시절에 입던 청바지를 입고
두툼한 재킷 하나 머플러 모자 푹 눌렀으니
갖춤은 제격입니다

이곳은 주야장천 장맛비처럼
비가 내리는 겨울이지만
햇살이 나오는 날엔
뉴질랜드 모든 사람들은
일광욕을 하는 날이기도 합니다

하늘은 파랗고
무지개색 조각보처럼
이곳저곳에 목련꽃, 동백꽃이 수를 놓은 산과

조화로운 구름이 보이기라도 하면
어느 누구나 찬양으로 담는 이야기는 이어질 것입니다

전 지난 4월 말
부주의로 1미터 데크에서 떨어져
별것도 아닌 것처럼 생각하다
머리가 이곳저곳이 아파왔습니다

한의원에서 침으로 안 돼
3일 만에 응급으로 큰 병원에 갔다가
작은 뇌출혈로 15일 입원했었죠
2차 시티 촬영 후
하나님 은혜로 피가 흡수되어
하늘 문이 열리는
감사 찬양이 이어지고 있습니다

쉬라는 신호로 알고
요즈음 집콕하고 있습니다
내가 좋아하는 성경 말씀 중
감옥에서 매를 맞고
쇠고랑에 메였던 사도 바울과
형들에 의해 노예로 팔렸던 요셉을 보며

하나님께 간절함으로 기도와 간구로

하나님과 동행했던 모습이
내 마음을 뭉클하게 했던 내용이
잊히질 않아 평생 마음에 담고 살아가고 있습니다

누구에게나
흥얼대던 찬양이 있지요
마음은 인간의 한계를 벗어나
하나님의 영역을 보게 될 때
자연의 푸르름이 돋보이기도 합니다

경이로움의 찬양은
성전 뜰을 밟고
삶의 모든 염려와 근심을 하나님께 고백하며
안식을 누릴 수 있는
특별한 일상이 되기도 합니다

예고 없이 갑자기 어려움이 올 때
삶의 패턴이 흔들리기도 하지요
그러나 만군의 여호와 하나님께서
우리를 버린 적이 없다고 하신 말씀이 있잖아요

하나님 음성에 귀를 기울이다 보면
저에게 감당할 수 있는 만큼
특별한 말씀이 옵니다

몇 달 동안
"어려움을 당할 때" 찬송을 부르며
어려움을 뚫고 있습니다

오늘은 여행하다 보니
즐겨 부르던 "꽃들도"
이 찬양을 신나게 3시간 동안 부르며 갑니다

"꽃들도 구름도 바람도 넓은 바다도
찬양하라. 찬양하라 예수를
하늘을 울리며 노래해 나의 영혼아
은혜의 주 은혜의 주 은혜의 주"

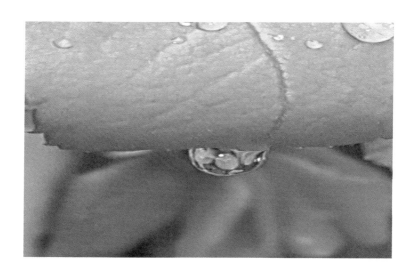

엄마 같은 큰 언니는 예뻤다

생각할수록
추억은 그리움으로 나풀댑니다

뒷동산에 하얗게 피기 시작한 아카시아꽃
친구들과 꿀 따먹기에 바빴던 5월

도레미파 음표도 제대로 이해를 못 했을 텐데
춘천 KBS 어린이 합창단에
뽑혔던 생각에 머문다

어린이날 기념행사로
어린이 합창단 모집이 있었다

각 국민학교에 공문이 갔던 모양
우리 학교에서는 참가자
각 학년에서 열명이 넘은 듯했지만
뽑힌 친구들이다

대회는 5월 5일
우린 각자 연습은 시작되었다

학교 끝나면
김덕기 음악 담당 담임선생님과 연습을 하고
집에 오면 언니와 연습은 이어졌다
제목은 "낮에 나온 반달"
집안이 떠나가라 목청을 돋웠던 몇 날 며칠

시간 되면 우리 집 뒷동산에 올라
아카시아꽃 내음에 묻혀가며 연습을 시켰던
사범대학교 졸업하고 우리 학교에 첫 발령 받았던
예쁘고 풋풋했던 남다른 열정이 많았던 큰 언니
친구들이 좋아했던 선생님으로 손꼽았던 언니다

노래가 완성되어 가니
변화를 주는 몸짓 표정 관리도
신경을 써야 한다는 언니의 밝은 표정
똑같이 따라 했던 시간들
보조개가 쏙 패어
웃는 모습도 닮았던 언니와 차이는 열 살

드디어 시간이 왔다
방송국 대회장에 가니

와글와글 쫑알대는 친구들이

100명이 넘어 보였다
객석은 채워지고 흥이 나도록
함께 온 친구들의
격려를 아끼지 않았던 박수 소리는 나직이 남아 있다

차례를 기다리던 난
언니가 함께라 마음이 놓였지만
은근히 떨리기도 했던 모양
내 손을 꼭 잡아 주었던 엄마 같은 언니

미소를 잃지 말고
두 손은 배꼽 위로 올리고
'미봉아! 넌 잘할 수 있어!!'
지금도 귓전에 들리는 듯 설렘은 하나 가득
모두들 맑은 목소리는 카멜레온

예선과 본선을 통과
우리 학교에서는
목사님 딸 은성이와
육군 대위 아버지를 둔 종숙이
그리고 나, 세 명이 뽑혔다
나 보다도 더 좋아했던
언니 웃는 꼿꼿한 모습이

설렘으로 담금질했던 시간

다음날 조회 시간에
교단에 서서 박수를 받았던 기쁨은
우리 학교와 교장 선생님의 자랑이기도 했다

방송국에 가야 할 시간만 되면
세 사람 이름을 불리고
청소하지 말고 늦지 않게 방송국에 가라는
방송이 반복되면
푸르렀던 마음은
언니의 발그레한 사랑을 힘입어
덜컹거리는 책가방을 메고
한 자락씩 자라나는 꿈은 날개를 달았다

아카시아
주렁주렁 하얗게 피었던
나무 밑에서 불렀던 무성했던 꿈
아카시아꽃에 담아
지금도 노랫가락에 춤추듯
소통하고 있을 5월의 바람

뜻깊은 스승의 날이 되면

육학년 담임선생님이었던
언니의 목소리라도 듣고 싶어
카톡으로 한국을 간다

살갑던 춘천 가는 길목

가을, 감성으로 걷는 춘천 가는 길
계절은 흐르고
가을빛에 묻혀가는 그리움으로 가다
잠시 쉬어가는 시간여행이라 할까

산속 텃새, 쏟아지는 계곡의 물소리
한 폭의 수채화가 되어
고향 이야기를 쏟아내기에
보고픈 엄니를 품은 경춘가도

내 고향은 단풍으로 물들고
우뚝 솟은 삼악산
높고 낮은 산이 많았던 춘천 가는 길

색소로 물들어진
살살이 꽃 환한 웃음 널브러져
서정에 추억으로 남겨놓은
아릿한 곳이기도 하다

깨알로 써 내려갔던

소박한 삶이 담긴 내가 살던
친정 고향 집 정원
그 선명한 그리움에
고향이 상상 속에 달라져 간다

가을 햇살에 익어가는
살살이 꽃 활짝 피어 있는
알록달록 가을꽃으로 가득한
우리 집 뜨락엔
어머니 엷은 미소가 있다

평탄함을
넘어서야 바라볼 수 있는
경이로움과
아름다움의 한편에는
코스모스의 자유스러움이
그리움의 추억의 길이 되었다

여름 향기는 정원에서 시작

소박함을 지닌 하루를 보내며

햇살에 들어가 있는가 하면
색다른 일들이 코앞에 다그치고
선물로 주어지는 보석 담는 두 눈

황홀경에 빠지도록 친숙하게 달군
노을빛에 빨갛게 물든 우리 집 정원 둘레에는
보랏빛 향기가 눈부시게 피어 있다

나지막이 들리는 농익은 향기에
세월의 따뜻함을 뿜어내며
돌담 사이사이 콕콕 뿌리내린
흐드러진 "아 가판 사스꽃"

이맘때면 누구든지
초대하고 싶은 마음이 들기도 해
두서없는 자랑을 꼽는다

아기자기하게 꽃밭을 메운
이름 모른 연분홍 꽃
새끼를 치며 톡톡 소리로 흔적을 남기고

호들갑스러운 줄무늬 왕벌 한 마리는
윙윙 휘젓고
때 묻지 않은 이야기 푸는
중매쟁이 호랑나비 흰나비 용케도 찾아온다
입술을 맞닿는 노란 수술 위에
달콤한 꿀을 심는 일 초의 사랑

소박한 호박꽃에도
꽃말이 있듯이 나름대로 발효되는 열매에
전설이 고스란히 내게로 올 때
코끝에 스미는 정감도 있다

늦겨울 찬 서리에 피였던 저 베라 닮은 노란꽃
거무죽죽 말라버린 한쪽엔 주렁주렁 달린 사과나무
올해는 모진 비바람 잘도 참아냈다

세월을 즐기듯 초여름에 피던 코스모스꽃
동쪽 해 서쪽 해 바라보는 설익은 해바라기 딱 두 대

임도 보고 뽕도 딴다는 하얀 꽃 달고 있는 참취
열 손가락 물들였던 엄마의 봉숭아
그러고 보니
구석에 있는 어릴 적 자아냈던 웃음
해그림자 길어질 때
깔때기같이 길게 핀 분꽃도 화단에 한몫

검게 잘 익은 씨
한 움큼 곱게 빻은 하얀 가루
작은 얼굴에 덕지덕지 뽀얗게 발랐던
꽤 곱살스러웠던 시절

남섬 아들 내서 얻어온 함박꽃
어릿해진 잎사귀만 무성해
내년을 기다리기도 한다

희귀한 제라늄 흰 꽃
분홍, 빨강, 어우러져 피고
잎사귀만 무성했던 수국 하나둘
풍만함을 들어내고 있는 한여름

이름 모를 꽃
새록새록 토해내는 꽃향기에
아침저녁으로 물, 호수, 빵빵해진다

5년 동안 잎만 무성했던 포도나무
덩굴째 벽을 타는 초록빛 열매가 장관이다

캠벨 특유한 냄새에 흙, 포도, 청포도
후각이 뛰어난 새 종류는 다 모여들고
이번만큼은 나누기 싫어
때를 맞춘 1미터에 7불짜리 망 볼품없이 씌워졌다

새들과 반반 나누어 먹는
체념한 무화과
바라만 보아도 행복이 두둥실

가끔 잠자리채로 누가 더 먹나 보자!!
추임새에 소리를 담기도 한다.

해마다 익은 것 따느라
'나무 위에 올라가는 것 마지막이다'라 하면서
올해도 또 올라간다

지난해 윗집에서 날아온
복덩이 씨앗 텃밭 옆 찔레꽃

라즈베리 구절초와
어우러져 예쁘게 피었다
친정집 정원을
송두리째 옮겨놓은 우리 집 정원
은혜로운 수도꼭지 여닫을 때
저만치 기울어진 노을 속에
감사는 향기롭게 흐른다

서쪽으로 기우는 그림자

어떠한 일에
누구에게도 지나고 보면
아~ 그때 ♡♡
사랑이 무르익었다
서쪽으로 기우는 이야기가 있다.

가장 낡은 기억에
남는 좋았거나 기억하기 싫었던
구구절절이
나이테에 조용히 남기는 생각들

비 온 뒤
촉촉이 젖은 공원에
친구 같은 집사님과
한 시간 남짓 공원을 걷다 보니
달콤한 이야기는 꽃 다리를 놓는다
코끝으로 향기 살아남아 버티고 있다.

봄맞이하는 진가의 몸짓들
향기로운 내음을 발산하는 곳곳이
정원사의 손길이 분주한 보타니 공원

자연을 살리는
삼각형 사각형 동그라미로
자연 그대로의 독특한 정원에
피어 있는 꽃들이 무르익어 연기를 뿜는다

숙련된 빛바랜 바구니
곳곳을 풀 뽑기에 열심을 내는 정원사
굿잡^^
고맙다는 답례의 웃음이 따뜻했던 몸짓
우리의 수다 공은 이래서 웃고
저래서 웃는다

여물어가는 겨울에
봄의 초석이 되기도 했던 비바람은
가끔은 기품 있는 향기로
하늘을 향해 뿌려지는 봄 전령사의 배합으로
내 마음에 지그시 눌렀던 환호
이미 땅에 굴러다니는 동백꽃
짓물러 있는 구덕 살이 덕지덕지 붙어 봄을 부른다

또 다른 감동은
달인으로 군락을 이루는
계절의 바통을 주고받는 땅에 기는
향기 없는 샛노란 수선화, 하얀 아네모네,

헬 리 보루 한창이다

햇빛을 가려준
겨우내 비쩍 말랐던 단풍나무
물오른 몽우리에 매달려
우리 이야기 가로채
쉼 없이 푸드덕거리는
바닥에 쏟아붓는 종다리 노랫소리

시집오기 전 뛰어놀던
꿈과 이야기를 심었던 친정집 정원

흐드러졌던 고목이 된 노랑 장미
구석구석 꽃 자수를 놓은 듯
빛을 안은 사진틀 속에 있었던
가슴에 묻혀버린 낱말들

노란 개나리와 찔레꽃, 산수유
눈에 아른거려 멈추어 있는
삶에 남은 조각들

환하게 빗장을 열어놓은
또 다른 봄 장단에
겨우내 갇혔던 이야기 짙어져

배부른 이끼 낀 벤치에 앉은
나를 보게 한 길어진 서쪽 그림자

여행길에 만난 꽃

맑은 하늘엔
자우룩한 구름 떼
얼굴들이 하나둘
바람개비처럼 돌아가면
그리움 팔랑귀가 된다

엉겅퀴 흐드러질 때
여행길 쉬었던
간이역 되어준 그늘
분홍빛에 젖었던 이야기
툭툭 줄무늬 긋는다

좋아하던 아기 똥풀 꽃
북새질하는 바람에도
애달픈 그리움이 있을는지
아름다운 조화에
한몫하는 버팀이려나

자우룩한 구름 사이로
흘러나오는 작은 빛들에
꿈을 키웠던
향수에 젖어 가는 낯선 생각은

하늘가에 숨었던
임의 사랑 흩어질 때에
입에 들고 가는 우스갯소리

새소리 모여들어
자유롭게 주워 담는 화폭마다
설핏설핏 보이는 반한 모습들

톡톡 털어버렸던 그때가 좋았는지
지나친 나팔꽃도 그린다

캔터베리 대학 달고 법학과 2학년 우리 손녀딸
모처럼 손녀딸 비 송이와 여행하다
시 한술 짓고 보니
옆에서 묻는 말이 대견하다
비 송이도 일기를 매일 쓰니? 글 잘 쓸 수 있겠지
수줍은 웃음으로
할머니! 어떻게 하다 시인이 되었어요?
응 하나님께서 주신 달란트에 감사하지
간단한 대답을 하고 보니
손녀딸 저도 기도해야겠다며 기도해 달라고 한다

어느 날 두 아들 며느리들도 똑같은 질문이 있었다
늘 해왔던 것처럼
가족이 모이면 할머니를 위해 기도해 달라는
남편의 특별한 주문이었기도 했던 사랑

누구보다도 남편의 자랑이기도 했는지
든든한 내 마음은
때론 진달래꽃 피어오를 때 연분홍 마음이 늘 있다

오늘은 여행길에 보이는 꽃들의 연둣빛 이파리들이
마음을 비우면서 피고 지는 날이기도 하다
고명 손녀딸 비 송이는 감성이 예뻐
느끼는 대로 이야기하는 것이
다 운율이 되고 시가 되고 노래가 된다
함께 동심으로 돌아가는 갓길에 핀 진지한 들꽃도
친구라 쏟아낸 계절을 달고 다니며
안부를 묻는 가득해진 노을이 된 새소리

뉴질랜드 설날 앞둔 선데이 마켓

끊임없이 발자국 소리가
이어지기도 하는
따끈따끈하고
훈훈한 오일장을 가다

록다운으로 선데이 마켓
문을 닫은 지 1년 10개월

꿈을 주고 삶에 추억을 소환하는
시간들이었기에 어쩌다 짬이 나면
가는 따뜻한 곳

삶의 힘들 때
치유하는 곳이기도 하다
물건을 사는 것보다
설날 전날
시장을 돌아보는 것이 좋아

몇십 년 전 설렘을 경험 통해
고향을 그리워하는 시간이기도 했는데
사실 요즘은 마트와 같은 가격이기에
어쩌다 찾는다

설날 전날에 발맞춤도 움직임도 바쁜 듯
중국인들의 거대한 움직임을 뒤로하고
조용한 뉴질랜드에서
유기농으로 기른 많은 채소 중
이방인들의 소리에 가지런하게
설날을 써가는 중국인 두 부부

모두 삶에 바쁜 장바구니가 손에 들려지고
주머니마다 왁자지껄하는 동전과 지폐

그 옆 구수한 통돼지 구워지는 바비큐
입안에 고인 침에 따라
마켓의 맥이 이어지며
빙빙 돌아가는 봉고차가 한눈에 들어온다

찬찬히 돌아다니는 방향에 따라
따라오는 풍경에 반해
푸른 채소도 만져보고
상큼한 햇과일로
고향 향기 짙은 눈요기엔
텁텁한 기름진 이들의 음식도 있다

오가는 사람들의
말소리로 힘을 얻기도 할 때
인간의 정서와

웃음은 한 보따리 짊어지기도 한다

곳곳을 다니다가 자그마한 다육이와
과일나무도 만나며 들꽃도 만나고
풀 같은 꽃들도 만난다
비싼 값이 아니기에 만지작거리다가
결국 저지르기도

극찬하며 숨 가빴던
쉼 없이 걸었던
꽃 작가로 50여 년
삶에 4분의 3에 차지했던 꽃꽂이
막히지 않았던
소중하고 멋진 내 삶이기에
지금도 꽃 이름에 민감하게 메모를 한다

늘 관심 있는
풀꽃 들꽃이 흐드러진
가을의 어귀는 고즈넉하고
귀한 선물로 가끔 발품을 파는
종착역이기도 하지만
내 마음 흔들어댔던
사소해 보였던 꽃가게
여실히 찾아오는 삶에
소박한 오일장을 들여다보며
시간이 모자란 듯하지만

생각의 무게를 수근거리는
그들을 뒤로한 채

무르익어가는 독특한
진국 맛보는 선데이마켓

창조주에게로부터 오는
귀중했던 시간 감사하며
부추 두 단, 복초이 한 단
모두 기쁨으로 집으로 향한다

넘치는 사랑

라면 끓여도 어~~~
허기진 배꼽 시간에 컵라면 안성맞춤
'물 한 컵 얻어먹는다.'고 했던 것이
제목으로 남기는 글을 쓰고 있다

권사님 교회 다녀온 거야?
당연하단 말이 나오지만
잘 믿던 하나님도 잊은 지 몇 년
이젠 교회 가야지
가야죠. 말뿐인 집사님
인간은 나부터 죄 덩어리야!!

알았어요
나도 죄 덩어리예요
주고받는 대화 속에 제대로 아는 믿음
계속 기도할게.

언제부턴가 잘 나가던 교회 가는 시간에
골프채 휘두르는 시간으로 바뀐 지 몇 년째

가끔 보이스톡으로

이야기 나누는 이웃사촌으로 아끼는 동생이다
집집이 창문 견적을 내가며
열심히 방충망 만들어가는 여유를 찾는 삶
돈보다 천국 생각해!!

이민 생활이 만만치 않아
자식들에게 줄 수 있는 것은
하나님 잘 믿는 믿음과
열심히 살아가는 것을 보여주는 것뿐이다

포도 따 가지고 가라는 전화는 잊지 않고 알려준
착한 심성 유방암으로 몇 년을 고생했는데
나만 걱정이다

집 밖에
주인 없는 덩굴진 포도나무가
자유스럽게 담을 만들고 있는 풍경에
와 ~ 우린 환호성으로 소리를 지른다.

해마다 찾는 곳이지만
볼 때마다 친근했던 포도나무
흐트러졌던 이파리들은 가지런하다

예배드리자마자 달려온 권사님들

점심 한 끼 얻어먹는 것이
이렇게 행복할 줄이야

후루룩거리며 찬밥 한 숟가락 넣은 것도
꿀보다 달곰했던 컵라면

부부의 손길이 묻어있는 단정한 정원에는
차곡차곡 쌓인 쪼갠 나무토막 위를
거침없이 올라가는 꽃 넝쿨
수십 년 묵혔던 남아 있는 하소연도
있을법했던 부부 이야기

노을 진 숲속에서
한껏 키를 높인 구애의 간절한 매미
울음소리는 짙어간다
새들도 푸드덕거렸고
포르르 떨어지는 이파리들이 가뭄에 또르르 말라가기도 했다
듬성듬성 달린 포도송이는
햇살이 몰려와 쑥쑥 자라 탱글탱글 익어가고 있었다

가물가물하지만
생각이 남는 십여 년 전 이어졌던 이야기
비닐봉지가 찢어지도록 따왔던 청포도, 흑포도

오늘도 입을 다물지 못할 정도로 딸 것에 신이나 있다.

시험 때문에 여고 시절 열심히 외웠던 생각

이육사 「청포도」
"먼 데 하늘이 꿈꾸며 알알이 들어와 박혀"
"아이야 우리 식탁엔 은쟁반에 하이얀 모시 수건을
마련해 두렴"

숨겨놨던 소리

겨울 정취가 묻어나는
새소리에 흠뻑 젖으며
공원 둘레길을 거쳐
바닷가 고운 모래밭에
생각을 남겼던 그 자리에 앉았다

행복했고 늘 고왔던
그리움으로 가득 영글었던
내 고향으로 긴 장대 걸쳐놓고
한눈에 들어오는
소양강 졸졸 흐르던 은빛 물결에
엄마 치마 소리가 쓰적쓰적거린다

빠작빠작 높게 올라갔던
서울로 가는 기적 소리는
풋풋했던 내 소원의 한 부분 되었기도 했다

겨울 찬바람 이겨낸
하얀 광목 이불잇 흠을 찾아내는
수다쟁이 넓적한 돌
꿰뚫어 보며 때를 벗기는 방망이

집중할 수밖에 없는
빨래터 한쪽에는
잿물로 뽀얗게 삶아주던
산모롱이 가물거리는 깨끗한 연기

곧은 물줄기 따라 물장구치던
어린 마음에 새겨준 그림 같은 일상
빨간 장미꽃 흐드러지게 핀 한여름
꿈의 흔적으로 남아
지금까지 긴 장대에 걸쳐져 있다

창가에 머물렀던
노란 개나리 분홍빛 진달래 잊을만할 때
쏟아지는 햇살에
흐느적거리는 코스모스꽃이 만발한 늦가을에
따가운 햇볕을 마다치 않고
선택되었던 휠 체어를 타셨든
어머니와 같이 걷던 멎어버린 로맨스

아기자기한 꽃들이 새록새록 토해내는
꽃향기 지나치기도 했던
얼쩡거리며 놓고 간 빛바랜 영사기

눈에 익은 자연스러운
독특한 사랑의 기술이

불가능한 것도 가능케 하는
지루하지 않던 어머니의 이야기

사랑에 빠졌던
축축해진 바짓가랑이
끊임없이 따라다니며
끄트머리에 서성이는
모래 알갱이와 함께

운명적인 피고 지는
자연에서 얻어온 숱한 이야기
쏟아붓는 여명을 삼키며
빈 공백에 시 한술 실어 보낸다

수술 후 미국 여행

사랑 놓고 도망치듯
가야만 하는 시간이 아쉽다
하루하루 둥글리는 생각도
추녀 끝 섬돌 위에
떨어지는 물의 힘처럼

한 잎 두 잎 떨구어내는
앙상한 가지를 바라보니
선물처럼 주어지는 자연스러운 일로
쌓여가는 환상의 단풍잎

쏟아붓는 따스한 햇살이 오면
비틀거리며 남아 있는
짙어진 국화 향마저 스치고 지나간
찬바람에 흔들리는
꼿꼿해지는 앙상한 줄기들

**
온종일 비바람은 이어지고
민망스럽게 추워지는 초여름
십여 년이 지났지만
암 수술했던 그해와 같은 날씨

하루에도 사계절이 있다는 이곳
다가올 해도 이어질 것에
능청스럽게 나도 익숙해졌다

수술한 지 며칠 지나
사랑하는 엄마와 큰언니가 엄마 모시고
지루한 11시간을 비행기 타고
셋째 딸과 막내아들 보러
뉴질랜드에 오셨다

반갑기만 한 두 얼굴 반가워 울고
무엇인지 모르게 이기적인 울음이
서글퍼하면서 울었던 그 날

엄마는 잘살고 있는
두 남매를 보시고
고맙다고 하시면서도
안쓰러워하시며
마음으로 흐느끼는 사랑을 보고 있어
더 울었는지 모른다

특별 요리
엄마가 좋아하는 잡채 녹두전
수술 후 힘든 것을 잊게 해준 보약 같은 한 달
말 없는 남편은 여행도 모시고 다니느라

분주했던 것에 고마웠다

2022년 언니와 3월에
미국 작은아버지 고모네 집에
다녀오기를 계획을 짰다

엄마는 미국을 이미 칠순 때
6개월 다녀오셨기에 더 좋아하셨다
쌀이 한국보다 맛있고
엄청나게 싸다고
미국 다녀오신 후
10만 원씩 6남매를 주셨던 생각이 난다
흩어진 곳에서 만남의 행복 누가 알까

난 그날부터 초등학교
수학여행 가는 기다림처럼
어린애가 되었다
석 달 동안 설렘을 치유의 감사로
아픈 곳이 거뜬해졌다
주변 사람들은 덩달아
기뻐해 주는 마음이 고마웠기도 했다

어떤 환경에서도 위축되지 말라는 성경 말씀
힘이 되었던 하루하루가 사용할 수 있도록
더 많은 능력을 준비해놓으신 하나님

모든 것이 감사투성이였다

꽂꽂이하는 교회에
당분간 못한다는 레터를 보내고
홀가분한 마음으로 한국을 경유

3월 중순 큰언니, 작은 언니, 나
세 자매는 미국을 향한 비행기를 탔다
음식은 질리지 않는 만큼 음식을 때마다 준다
수고하지 않은 음식이라 더 맛났던 시간

12시간 만에 달라스 국제공항 도착
인천 국제공항하고는
비교가 안 될 정도로 지극히 왜소했다

마중 나온 사촌들 만남

소리 없는 아우성
저 광활한 곳을 바라보니
유치환 시인의 '깃발'이
우리의 깃발이 되어 펄럭이고 있었다

잃은 양을 찾은 듯한
반가움의 부르짖는 소리
이민 간지 몇십 년 만에 만난 사촌들

맑은 햇살에 피부에 닿음이
바람이 무척이나 차가웠던 미국의 4월

승용차 안은 후끈 달아오르고
창밖을 내다보니 한산해 보였다
드문드문 보이는 나뭇가지엔
분홍빛 꽃들이 섞여 있는 계절의 순환기로
낯설게 하는 이야기들이 펼쳐진다

익숙했던 것이 새롭게 변화하듯
매혹적으로 다가오고

버지니아주의 오후
서산 넘어가는 초승달
겨울 끝자락 앙상한 나무에 걸쳐져
신세계를 달리고 있는 듯했다

몇십 년 만에 상봉
작은아버지, 고모, 고모부, 사촌 모두
신기해 보였다
이국땅을 개척해낸 한국인의 억척같은 힘
내가 더 감탄하고 있는 이유
크고 작은 땅덩어리 차이에 이민 생활은
무조건 힘들다는 생각이었기에 남다르다

천 평 남짓 분교 같은 이층집
시뻘건 벽돌이 겹겹이 벽을 쌓고 방이 8개
한국 밤이 그리운 하룻밤
덜 익은 복숭아처럼 딱딱한 침대에
난방이라곤 핀 12개인 히터
추워 덜덜 떨고 이불은 몇 겹도 모자랐던 첫날밤

뉴질랜드의 사계절
창조자의 아름다움에 끝이라 불려도 될 터
늘 감사로 미국 땅을 밟았던 그때를 회상하며
가슴이 둥당거리는 고모와의 만남

이민 온 후 결혼기념일

보석으로 감추어진 결혼기념일
수년이 지났다

이민 온 지 첫해
사랑 일궈놓은 밤하늘의 별 숫자보다 더 많은
달싹이던 세끼 밥
무지개로 뜸 들이며 퍼부었던 사랑은
온데간데없이 요즈음 덤덤해져 언제 그랬나 싶다

신혼 때 남편 별 보고 나갔다
별 보고 들어와 발 씻고 잠자기 일쑤였던
반쪽짜리 남편
이민 와서 하루 이틀 지나다 보니
사랑이 덩굴 채 들어온 선물이 아니었던가

경계를 지은 것 없이 신나서
세끼 음식 하다 일 년 지나다 보니
보석도 달달한 것도 두근거림도 덜컹거리기 시작
요즘 텔레비전에서 '무대를 뜯어놔!' 멘트가 나온다
같은 무대에서 웃고 즐기는 시간이
남편하고 앉아있는 현재 진행형으로
가장 대화를 많이 하는 날이다

묻혀있던 것, 잊혀버렸던 것 꺼내어보니
탱탱했고 예뻤던 결혼기념일
11월 초 달력에는 빨간색으로
동그라미 해놓고 기다리는 남편
소년기가 발동하고
자식들에게 어리광을 시도하는 16일
공감하면서도
난 거실을 왔다 갔다 하며 모른 체하며 웃는다

선물이 쌓이고
용돈은 뒤척이며 봉투에 모이는
원색은 빨 주 노 초

제5부

이민 생활을
하다 보니

웃음 여행

창틀마다 머물고 있는 새소리에 우리 집이려니
한숨 더 자려 뒤척이다
한 움큼의 햇살이 가슴속에 파고든다

언제인가부터 잊어버렸던
구수한 보리차 냄새가 코끝에 스미고
뜨끈해진 탭 충전 100%에
걸림돌 없는 생활의 충족도에 행복한 여행 이틀째
화장실 통로에 배려하는 작은 전등

섬기는 마음이 안개꽃 같아
축복의 기도는 감사로 시작한다
빵 한 조각에 커피 한잔이 아침 식사였는데
생각지 않은 푸짐한 밥상 든든한 사랑을 채워가며
헛되지 않은 만남에 서로 챙기고 있다
인정 많은 손길에 사랑은 이것

주섬주섬 아이스박스에
승용차 뒷트렁크에 채워가는
찬찬한 손길 마음 호강, 눈 호강
출발은 오전 9시
목초지를 가로지르는 트랙을 따라 펼쳐진 물줄기

부드러운 새소리로 채워져 있는
따끈한 햇살과 소슬바람이 엉켜
성급하게 가을이 가는 듯

많은 사람이 오가며 맑은 물에
수초와 함께 춤을 추듯
경이로움은 하늘이 내려앉은 듯
파란색으로 청자색 빛으로 무늬를 짓는다

오리 몇 마리 졸졸 물소리 매달고
쫄랑쫄랑 꼬리 치는 유혹의 자유로움에
굽이굽이 발자국을 남기는
좁다랗게 늘어진 다민족 소리
송어들의 헤엄을 치는 에메랄드빛의 맑은 물에
탄성은 또 다른 방문객으로 이어질 것

새 둥지 계절이 바뀐 한국과 뉴질랜드

자연에 묻혀서
끊이지 않는 감성에
시인이란 시어를 물고
다니는 부담감을 달고
흔적을 남기는 것이 필요하기에
늘 새롭다고 하면서 글을 지펴간다.

오늘은 새 둥지
여섯 번째 이야기를 쓴다
머리도 식힐 겸 마음도 넓힐 겸 바닷가 거닐며
시 한 편 파도에 싣는다.

비릿한 내음이 물씬 풍기는 바닷가에
철썩거리는 투박한 세상을 거머쥔
판도라의 소리는
사계절 중 삶에 평안으로 이끌고 가는
축축이 젖은 겨울

주르륵 박힌 설렘 자리에
마음은 꽃으로 꽂은 사랑으로 여유를 갖는다
엉뚱한 세상 소리보다
한없이 자연에 묻혀가고 있는
철부지 같은 계절의 물소리가 좋다

이른 봄이 지났다.
앙상한 나뭇가지
물오른 봉우리들 흥 돋우는
이른 봄에 피는
서둘러 핀 노란 수선화 흐드러져 있다.

8월을 쏟아내고 있는 삶의 자리에
창틀 담쟁이 줄기 초록 잎 사이에
눈 대신 굵은 장맛비로 들이친다.
어젯밤 얇은 나무 벽에 찬 기운이 스며든다.

운치는 잠시 있는듯했지만
때로는 심란했던 겨울이었기도 했다.

이민 온 지 두 달째
이것저것에 신경 쓸 일이 한두 가지가 아니다
그러나 민생고를 해결해야 하는
커다란 숙제를 안고 은행일부터
차근차근 시작하기로 했다

"아침의 고요함 속에서뿐 아니라
하루 동안 줄곧 나를 찾아라"
수시로 의지하고 토하라 하신 하나님의 하실 일
든든한 피신처가 있어 행복하다.

때때로 하늘의 사랑을 입는 시간

맑은 하늘은 햇살로 그득했다.

집안 공간을
필요한 것만 정리하다 보니
마음이 평안해진다

지인이 인터넷으로
스키투어 표를 끊고 연락이 왔다.
세월이 가고 일하다 보면
여행하기가 어렵다는 이야기다

이미 목련은 피었다가 져버려
지저분하게 널브러져 있다
주변에는 가파르게 숨을 쉬고 있는
또 다른 꽃들이 핀다.
마음에 피는 싱그러움은
봄의 왈츠라도 나올 듯하다.

분주한 새소리와
붉은 해를 삼키고 있는 이른 시간
보이는 만큼 푸른 숲으로 병풍을 친 듯
아름다움은 글로 표현할 수 없을 것 같다.

산자락 아래 아늑하고 정감으로
옹기종기 모여있는 무지개색 예쁜 집이 보인다.

그림 같은 이곳은 퀸스타운

어제 비행기로 와
하룻밤을 보냈다.
오늘은
스키 관광에 필요한 것을 챙겨
버스정류장으로 향해 갔다.

하늘을 감싸고 있는
한눈에 들어오는 한적한 호수
산꼭대기에서 내려오는
빨간색 케이블카는
숲속에 요정같이 보인다.

씩씩하고 명쾌한 버스 기사 아저씨
15명 서로 다른 생각에 뜨문뜨문 앉은 관광객들
무슨 말인지 모르지만
여러분 안녕! 감사! 등등 눈치로 듣는다.

가파르고 꼬불대는 자연이 준 산길
단숨에 올라가는 듯
노련한 엔진의 힘을 받는 벤츠

여행객들이 뉴질랜드에서
제일 먼저 찾는 곳이기도 한 퀸스타운

빨간 콘도라도
수정 같은 와키 타푸 호수도 보인다

빼곡하고 울창한 협곡엔 앙상한 나무와
이파리 수북한 침엽수도 어우러져
수려함이 색다르게 보인다
다양한 새들의 배설물도 풍성한 녹색으로
오롯이 남기는 풍화에 감탄은 당연하다.

몇 분이 흘러 가파른 길 오르기 전
갑자기 방송하고 차를 세운다.
네 바퀴에 묵직한 체인을 감는
반바지 차림에 정열적인 기사 아저씨
덜커덩거리는 체인 감는 소리

회색 하늘에 주먹만 한 눈이 날리고
산속엔 환호성으로 투망을 친다.
하얗게 메아리로 남는
모두 한마음이 되는 시간이다

많은 사람이
웅성대는 왜소한 카페엔
구수한 빵 냄새가 물씬 풍긴다.
벌겋게 달아오른
캔트 화이어
타다닥거리는 쪼개진

매캐한 솔향에
깊은 겨울이 쌓여가는 듯하다

나무로 만든 층계 오르내리는
굵은 밧줄에 의지해야만 하는 가파른 곳
말이 없는 이산과 저 산
시선을 이어주는 능선에
피어오른 또 다른 설경이 정교하다

수많은 사람 중에
귀에 익은 한국어가 귓가에 스친다.
스키 훈련을 왔던 국가대표 선수들의 한국말

대한민국을 만난 듯
반가워 좋아! 좋아! 떠들어댄다.
한명 한명 악수를 했던
검게 그을린 청년
하얀 치아가 지금까지 머릿속에 남아 있다.
알록달록한 다채로운 스키복이 하얀 눈과의 배합이
환호성으로 응원을 보냈던 쌈짓돈에 감사다.

우리는 정작 스키투어를 왔지만
도저히 굴곡이 심한 가파른 곳
보는 것으로 만족했다.

커피 향에 파이만 먹고

그들을 향해 응원만 했던 스키 투어
하늘을 주도하는 눈송이는 거대해지고
숭숭 거리는
눈보라가 마음에 남는 이틀째

벽난로에 이글거렸던 장작불 향수에
초롱초롱했던 별
골고루 갖춘 뉴질랜드의 자연이다

- 켜켜이 털어놓았던 일기장에서

동네 한 바퀴

현호색 아름다움이
눈부시도록 현혹하는데
무리 짓는 군락을 이루는
꽃 따라가다 보며
귀한 여행길에 지나는 행복한 여정을
곳곳에 뿌리고 거두어 간다

새벽길 나선
낯선 귀뚜리 소리
구성지다 못해 절절해
찢어진 한해살이 창호지에
그림자 만든다

깊음은 빗소리 장단 맞추는데
투두둑 떨어지는
이른 가을 빗줄기에
담 넘은 짙어진 능소화 오늘따라 자세를 낮춘다

운무에 젖은 대룡산에
굽이굽이 노련해지고

내 마음 성급해지는
8월의 마지막 날
고향을 찾아온 다양한 사람들 틈에
자연스러운 이웃처럼 소탈함 남기며
이야기 쏟아붓는 동네 한 바퀴

일기장 열었더니 오빠는 대장

두꺼운 솜바지, 저고리
풍습에 물들게 한
파급력을 잽싸게 받아들이며
계절을 앞질러 가는 사람들 생각하면서
옷장을 정리하다가
누렇게 변한 케케묵은 일기장
낱장을 넘긴다

이솝우화 같은 정겹던 이야기들이
방대함을 아우르며 엮어진 재미있던 추억으로
남았던 이야기를 쏟아낸다

생각하면 어깨를 들썩거리게도 하는 웃던
길고 긴 우리 형제들의 이야기다
나는 넷째, 오빠는 둘째
우리 집 가장이기도 했던 중학교 3학년
놀이터도 없던 시절 따라 우리는 신났었다
황금 궁전은 없지만
하늘을 나는 양탄자를 연상케 하는
기발한 생각으로
형제들에게 환상을 주기도 했던 오빠

영하로 내려가는 혹독한 영하 20°
어릴 적, 솜바지, 솜저고리 입어야

겨울을 이겨낸 내 고향 춘천

아침 먼동이 트면
함석지붕 위 흰 눈이 소복이 쌓이고
물받이 없는 처마 끝에는
고드름이 주렁주렁 달렸었다

지붕 위 햇살이 파고들면
맑은 수정이 녹아 내리듯
얼음과자가 되어 이가 시리도록 깨물어 먹던
정답던 이야기는 아득하게 남았다

겨울만 되면 웃음을 주는 이야기다
엄마 몰래 쌀 한 가마 볏짚 한쪽을 죽 자르면
직사각형 올망졸망 4명은 거뜬히 탈 수 있는
까칠한 양탄자를 만든다

기발한 제작자는 대장인 우리 오빠
하얀 눈이 펑펑 쏟아지는 날엔
우리 집 근처 비탈길은 근사한 썰매장이 되었다
오빠 작은 언니, 나, 그리고 큰언니
순서를 달고 후다닥 내려가는 30초 스릴 만점

허리춤을 꼭 잡아야 하는 어려움도 있지만
정점을 치닫는 오르락내리락하는 그 시간 마는
모두들 해봐야 아는 정겨운 추억이다

이튿날 아침이면
쌓였던 하얀 눈이 다져져 반들반들거리면
시치미 떼는 등굣길에는 아줌마들의
연탄재에 실었던 욕바가지 즐비했던
동지섣달 그믐날

일기를 보니 어느새
나이가 들었구나 회상하며 추억이 있어
나를 돌아볼 수 있는 시간이 고맙지만
생각이 많아지는 일기장

아침저녁으로는 알싸한 겨울 날씨
우리 집 마당에는 가을꽃이 하나둘 피기 시작했다
창문만 열면 코스모스꽃 미모에
벌 나비 홀리듯 흔들리면서
시간 가는 줄 모르게 피고 진다

새 둥지 뉴질랜드 첫날

뻥 뚫린 하늘
선택된 겨울비 오는 날 아침이면
치즈와 빵 한 조각 설렘에
12시간 걸렸던 많은 생각을 실었던
비행기가 아른거린다

쏟아내는 나만의 칠월의 안부를 들고
홀가분한 마음으로 고향으로 가는 바람이
오늘따라 다양해
사랑하는 언어로 떠나기로 했다

나이는 30살
처음 운전할 때 대치 고개를 넘다
비상등을 켜고 다른 차들이 모두 갈 때까지
기다려야 했던 나만의 축제 시간
비장한 마음으로 들고 버려야 하는 시간

집에서 밥이나 하지
빨래나 하지!!
언어장애 거친 폭언의 남정네들에 말
욕깨나 먹었던 초보자 운전 면허증

지금이야 웃어가며 지면에 씌어 간다

실타래 풀어
청포도 익어가는 한국을 그리워하며
머물 수 있었던 그 시간을 되돌리려 하는
들꽃 앞에 서성이던 일조량이 부족했던 7월

밀집된 교수촌 대치동 언덕에 올망졸망 모여진
한옥들 사이사이에 우리 집
휘문고등학교 옆 대치동 954-**

구실은 구구절절
두 아들 고액 과외가 싫다는 핑계로
자연으로 온순한 나라를 택했던 뉴질랜드
하나님이 마지막으로 주신 천혜의
청정지역을 택한 1995년 1월 중순

뉴질랜드 대사관
요구한 서류는 영하의 수은주가
오르내리는 무척이나 차갑던 겨울
모든 서류는 용역 회사에 맡기며
많은 갈등으로
오갔던 광화문 교보빌딩 11층
서툰 영어로 묻는 말에 No. Yes만

수월한 인터뷰
3개월 지나 담담한 영주권을 받아 들고
뜬눈으로 갈팡질팡
많은 생각을 했던 시간이었던 것 같다

커다란 짐과 작은 것 하나하나를
컨테이너에 싣기까지
할 도리 못하고
부모 형제 떠나는 마음에
걸림돌이 되어 착잡했다

그해 4월 그믐달
또 다른 개척을 위해
뉴질랜드 비행기에 오른 오후 5시
12시간을 차갑고 단단했던 의자에 앉아
5월 첫날 하늘은 맑고 광활한 넓은 평야를 밟고
새 둥지를 틀어야 했던 뉴질랜드

꿈틀거리는 생명체에 구더기 같은
첫 만남의 희끄무레한 양들의 풀 뜯는 풍경

이민자의 첫 발디딤은 그 시간 붙어
생동감으로 이어가는 감회가 있었다

지금까지 살아온 날들
희비가 엇갈리며
해 저문 처마 끝 흔들던 희귀한 새들 소리
축축 늘어진 팜 추리 똬리 틀었나 보다

세월이 멀다고 했는데
남루했던 생각마저 소중했던
지면에 남은 축축함은 새 둥지에 시작이었다

이민 온 지 딱 한 달

여행 온 기분으로
산책하다 보면
웃음 머금은 환한 사람 만난다

마음이 확 열려있는
보석 같은 친절함의 인사
3일 걸렸던 헬로! 하이!
동네 한 바퀴 돌다 보면
언제부터인지 느긋해지는 웃음
먼저 인사할 여유도 생겼다

걸으면 걸을수록
부딪히는 해맑은
들꽃이 만발한 가을 공기에
골목마다 만나는 예쁜 집
일렁이는 햇살 나지막하다

막다른 길목
물오른 통통한 갈대들
주절거리는 새소리
소중한 시간
경이로운 아름다움은
기운을 쏟게 하는 나의 비타민

뉴질랜드 첫 겨울의 텃세

겨울이 가고
또 와도 변치 않았던
구별된 조화에 엷은 겨울 색을 옮겨놓았던
이민 오자마자 첫겨울
수은주 영상 1°만 되어도
춥다는 낱말들이 두툼해지다 보니
긴 나날들이 부풀리며 숙성되어 가고 있다

고즈넉한 찬 겨울
뒤돌아서는 수은주에 윙윙 엉켜붙는
바람 때문이었는지
통나무에 삭혀가던 몸속까지
파고들어 온 추위엔
텃세의 빛깔은 매서웠다

히터를 의존해야 하는 뉴질랜드 이곳은
좋은 집 나쁜 집이 없다
난방이 전혀 없는 히터에 의존하는 이곳
엄동설한 고향보다 더 냉정하게 추웠던
몸속까지 묶어놓은 첫겨울

서정으로 받아들이기엔

애간장의 겨울의 맛
독특한 자연환경에 푹 젖어버린 요즈음

움츠리게 했던 스산한 비바람도
세월의 악기가 되어가는 지금도
텃세의 칼 같은 추위에도 웃음으로 보낸다

살아온 연륜 따라, 따스함도 느끼고 있지만
출렁이는 겨울에는
우리나라 절절 끓던 따끈따끈한 온돌방이
그리움으로 마음속까지 아슴아슴 다가올 때면

돌부리에 걸려도 고향 생각이라더니
서성거려야 하는 부모 형제 생각
그리움이 밀봉될 때 빛을 앗아간 듯하지만
몇십 년 지난 지금은 여물어가는 나이가 되었다

어릴 적
소양강 살얼음 얼어 졸졸 흐르던
물빛을 보고 싶어
블루 스프링으로 여행을 가기도 하지만
무척이나 이채롭다지만
소양강만 하려는지

헬로 대신 눈웃음

짐 정리하다 만 주말
잃어버린 영어 단어 주섬거리며
머리에 써 내려간다
지금은 웃지만
그 상황은 모래알 씹는 마음이라고 할까

이야기를 만드는 고기압으로
창밖의 햇살은 유난히도 반짝거렸던 이민 온 지 6일째
어디를 가나 모두 한국말을 못 한다는 것
첫 대화는 몸짓이었던 그 해

헐렁한 스웨터에 산책하다 사람을 만나면
웃음, 다음은 하와 유
무슨 말을 해야 하는지 숨죽이며
걱정은 겨울만큼 싫었다

중학교 일 학년 수준으로 돌아가는 것도
팔팔한 나이래야 사십 대 후반도 어려웠다

한국은 오월 하면
화사한 벚꽃 이파리 휘날리고
자연을 노래하는 아쟁이 소리처럼

맑고 개운한 바람 소리도 들리는 듯
새소리도 청아했다

한국과 반대 계절인 이곳은
하얀 김이 입가를 적시는 초겨울이었기에
두툼한 점퍼를 입고 머플러 둘러야 하는
이민 온 지 6일째 되는 날이다

바짓가랑이에 헛바람이 들어가
뼛속까지 아리다는 말,
선배들의 말들을 이제야 알듯
매서운 뉴질랜드 겨울비와 바람
소용돌이치며 흔적을 남겼다

기온은 한국보다 엄청 높아
겨울꽃들은 집집마다 지천으로 피어 있어
눈요기엔 따뜻한 겨울
그때나 지금이나 변함이 없다

버스를 타고 시티 나간다
창밖엔 가을 정취가 남아 있다고 했더니
퇴색된 운치에 한몫했던
나뭇잎까지 떨어트리는 맹추위

주유소 스치다 보니

우리나라 주유소 앞에 있던
흐느적거리는 풍선 아저씨들
모두들 원정 온 듯 팝송에 맞춰
흔들어대는 모습도 장관이었다

창틀 틈새에 만개한 웃음꽃으로
같이 흔들어대는 꼬맹이들
어디를 가나 아이들 마음은 똑같은가 보다

텔레비전 속에 브이 자 하며
화면 앞에 얼굴 들이대는 아이들처럼
한땐 웃음 속엔 누구도 그랬었다

걱정도 팔자
걱정하며 어수선했었던 마음
헬로 대신 눈웃음
대답 대신 야릇한 몸짓

가만히 있으면 중간이나 간다는 대중의 말도 있듯이
너희 한국말 아냐! 너스레 떠는 오일장
한참 돌다 보니
솔솔 나가는 주머니에 돈이 나가는 만큼
채워지는 이야기보따리

멀리 보이는 번뜩이는 광장 텐트 속
음식 파는 구수한 소시지 냄새 코앞에 있다

조각을 만들며
내다 파는 사람들이 낯설게 보이지만
자유스러운 그들의 표정을 보며

새롭고 창의성을 키워주는
이곳 교육이 바람직했던 장인 정신으로
손수 만들고 제작하는 과정들
두 아들도 배우며 이곳 문화를 익혀
그것만 해도 성공이다
집 페인트도 며느리와 손수 칠하고
고장 난 문짝도 뚝딱거리며 고쳐가며 산다

이민 결정을
눈곱만치라도 후회하지 않고 살아가자
받아들였던 긍정적이 마인드
지금 생각만 해도 뿌듯하다
삶 중 사각지대는 늘 도사리고 있어
지혜로 받을 수 있도록 기도하며 살아간다

어느덧 그림자엔 웃다만 토막 영어만 남는다
조화로 이루어진 곳곳엔 물결이 일듯
환하게 웃는 초연의 웃음소리는
노을빛에 붉어져 간다

이민 생활하다 보니 여유도 있었다

꽃다운 시절에
인도로 건너갔던 선교사 부부
사도행전 29장을 써내려 갔던 은총에
순서는 없지만 분주하게 하나씩 꺼내놓고
꽃 마실 하듯 듣는 시간 여유롭다

푸짐한 보따리 속 사랑이 그득
순전한 마음으로 영광 올리는 시간은
뿌듯한 향기로 뿌리는 시간이다.

무의미한 삶으로
살아가는 그들에게 아니 누구에라도
생명의 날개를 달아줘야만 했던 선교사의 삶

"씨 뿌린 자에게 씨앗을 준다"는 약속을 믿는 우리
큰 축복을 나누어주었던
꼬깃꼬깃해진 13년의 실타래

최 선교사 진지한 이야기에 이어
남편 이 선교사님의 회고를 또 한 번 듣는다
부어주시는 은혜로
"내가 너희를 사랑한 것 같이 서로 사랑하라"

언뜻 나를 돌아보는 시간은 회개뿐

거듭 어떻게 해냈을까?
추임새로 튼실한 그들의 마음을 담고
감사로 하룻밤을 보낸다.

피곤은 우후죽순
특급 기사 우리 아들 곤한 잠에
창가에 들어오는 별을 한 섬은 딴 듯

글쟁이의 이리저리 뛰며
마무리하는 운동량은 킬로 수100
이불을 개키고 선크림에 비비크림을 듬뿍 바른다

이층 부엌에서는
구수한 경상도 솜씨의 만둣국 끓이는 냄새가
고맙기도 하지만 아쉬움을 주기도 하는
아침 주메뉴는 담소로 흥겨운 시간이었다

축축한 공기는 가신 듯
중천에 뜬 햇살에
씻겨간 운무에 가려졌던
설산이 한 겹두 겹 벗겨지는 풍경은
감사와 경이롭기까지 했던 시간

조잘대는 각종의 새들과 다양한 가을꽃
익어간 과일들과 조화를 이루듯
또 노트에 한줄 한줄 써 내려가는
맛깔스러운 부스러기들
기분 좋은 날이기도 했다

아쉬운 정 많은 이 선교사님
보여주고 싶은 곳이 또 있는가 보다
서둘러야 하는 우린 볼 것을 보아야 한다는
정직함으로 따라나선다

한 도시의 중심부를 가로지르다 보니
커피 한잔에 사랑을 확인하는 공간
브런치로 삶을 채워주는 그들의 여유
모래밭을 거니는 사람 뒤꽁무니 쫓아다니는
거지 근성 빨간 부리 갈매기 분주하다

어디선가
달력에 넣을 풍경의 시선을 끌어들이는
사진작가들이 모인 곳을 보니 선 자리가 명당
망원, 광각을 마음껏 조절할 수 있는 그곳
그들은 전국에서 온 여행자들

풍경에 흠뻑 빠진 자연에 사랑을 뿌리고 있는
나도 작가가 된 양 그들 곁에 선다

지울망정 계속 탭에다 담는
나와 그들의 찰칵 소리마저 아름다움을 싣고
"글레노키 다이아몬드레이크"
아름다움의 걸맞은 이름을 되뇌인다

좁다란 숲을 거닐어보니
서릿발 흔들어 놓은 머물려 애쓴 흔적을 바라보며
우거진 가을 정취에 취해 누렇게 변해버린
미루나무 무늬를 담았던 행복했던 시간

오늘 또 다른 행선지를 향해 가야 하는 캐러밴
느긋했던 아들의 기어 변속은 부지런해진다
굽이굽이 오르락내리락하며
멋진 계절을 안고 가는 우린 손잡고 기도했던
부부 선교사님 헤어진 시간이 아쉽기도 했다

오뉴월에 피었던 분홍색 '폭스글로브'
갓길 모퉁이에 송골송골 맺혀진 꽃 속에
올라온 흐드러진 시어를
삭둑 잘라버린 뭉게구름
스쳐 가는 하늘이 얄밉기도 하다

드디어 붕어빵처럼 닮은 연어 양식장에 도착
먹이를 던져주면
훈련도 없는 팔딱거리는 자연스러운 연어의 춤사위

훈제와 횟감에 또 다른 신선함이
입맛을 사로잡고 은혜로 채워지니
화사한 기분
행복한 날이기도 하다

Blue Spring 여행

겹겹이 싸인 산들을 곁에 두고
확 트인 고속도로와 통통한 갈대숲을 지난다
도도하게 흐르는 와이 토 강을 뒤로하며
3시간 반 걸리는
Putaruru에 있는 Blue Spring으로 향한다

담백한 하얀 뭉게구름이
오묘한 옥색 하늘에 푹 빠져있고
더러는 검은콩을 으깨 섞어 모은 듯한
진회색 구름도 보인다
소나기라도 올 것 같은
운전하기엔 좋은 날씨지만
가끔 얼굴 내미는 햇살은 따숩다.

31살 때 배운 운전 솜씨로
이민 와서 가끔 운전을 못 하시는 어르신 모시고
1박 2일 여행을 시켜 드리기도 했던 곳을 향해
26년 만에 언니 집을 온 막둥이 여동생 제부와 함께
고속도로를 가며 연실 부분부분 소개하며
내비게이터에서 나오는 색색한 안내 방송 따라간다

잠깐 해밀턴 시내 번잡한 거리로 들어가

우리 집에서 홈스테이하던 경욱이가
건강식품 사장이 된 모습도 보고
간 김에 건강식품도 사고
이곳저곳을 돌아보며
이민 온 지 2년 되었다는 작은 음식점에서
우동 한 그릇씩 점심을 먹는다.

집에서 멸치 우려낸 듯한 시원한 국물이
입맛으로 남는 한 끼
그런데 소주잔만 한 종지에 잘게 썬 김치 담아주고
2불 50센트
셋이서 두 번 집어먹지도 못하고 바닥 드러낸다
시골 인심은 아닌 것 같은 야박함이
도시와 시골 뒤바뀐 듯 이민자의 깍듯한 인상이
오늘따라 심심한 구석에 무엇인가 잃은듯하다

풀풀 먼지를 내는 자갈이 깔린 길을 가다 보니
터질 것 같은 웃음으로
가느다란 눈가에 고였던 고마움이
고향 같은 생각에 잠깐 머리를 식힌다.

타이어 펑크로 휠 커버는 어디론지 날아가고
찌그러진 바퀴를 들여다보는 딱한 신세

긁힌 스텐 커버는 젊은 아낙의 손에 들여져 오고

길 가던 벤츠 아저씨
자연스레 임시 타이어로 바꾸어주는 손길은 생각나
주절주절 입에 들고 가는 우스갯소리
뒤에 앉은 제부는 잠을 청한 듯

진부령 같은 구불구불한 한적한 길을 따라가면서
입가 눈가 주름 잡히도록 행복을 나누는 동생과 대화
가다간 "언니 잘 가고 있는 거야!"
내비게이터를 계속 중계방송해주는 아나운서다.
들어가는 곳을 놓치기도 하고
때론 지나쳐 30분은 더 걸리면서 가고 있다
구름은 또 다른 곳으로 흩어지며
찢어진 햇살은 새 옷을 입히는 갓길에 이파리들

갑자기 충전이 15% 남았다는 문자가 뜬다
서두를 필요 없는 20분 남은 목적지
좁은 시골길 20킬로 속도로
따르릉거리는 엔진을 식히는 산새 바람
숨죽이며 따라온다.

맑은 하늘을 담고 있는 "블루 스프링"
말 그대로 청색 물줄기 따라
초록색 수초가 그득히 자라고 물소리에 따라
푸드덕거리는 오리도 나풀대는 노란 나비도
물속에 송어도 물결에 따라 너울거림은

경이로움과 신비로움 아름다움이 극치에 다다르고
몇 번째 다녀간 곳이지만
갈 때마다 생각과 보는 마음은 변화무쌍하다.

동생은 목초지를 가로지르며
트래킹 하기에 좋다고 추억을 남기며
열심히 걷는다. 마침 뒤따라오는 중국인을 보고
말도× 숨도×× 인사도×××

해는 뉘엿뉘엿
산을 넘고 넘어 강을 넘는다
노을에 폭 담긴 산천은
마음에 서성이며
양들이 만들어 놓은 다랭이 언덕에도
어둠이 오기 전
붉게 타들어 간다.
백미러에 비추는 모든 이들도

가을 여행

하루하루가
소중했던 여행이다
해가 비추다가도 먹구름이 그득하기도 하고
들풀에 시선을 싹둑싹둑 자른다

며칠째 여정과 여독은 맞물려 갔던 시간
자연을 닮아가는
사람들의 웃음은 여유롭다

아들의 극진한 사랑으로 또 하루를 여행길에 선다.
구름과 햇살이 만들어가는 가을 운치는
가고자 하는 목적지를 향해 가다

그리운 조각을 만들며
곳곳마다 흔적을 남기고 가는 여행
성급했던 가을 자락은
먼 산에 흰 눈으로 덮여있다.

바람에 흔들리며
거칠어진 들풀도 누렇게 변해버리니

가는 세월도 달구어져 있는 듯하다

시골길은
이렇게 작가의 마음을 넓히며
경이로움을 입으로 발산할 수 있다.
이번 여행의 의미를 남기며 멋진 여행길에 화제도 모을 수 있다

가끔 개울물도 지나간다
소박한 다리도 지나가고
어드메쯤인가

마을이 소담스럽게 모여있다
이곳은 어디를 가나
큰 도시 지닌 만큼 상가도 다양하게 있다

아들은 멋진 계절을 담은 카페로 안내한다.
깔끔하고 멋진 음악이 나오는 유명한 곳
어련히 알아서 할까 전화만 하면
예약되는 문화에 다양함은 특별하다

수다쟁이들 웃음에 여닫는 그들만의 일상
브런치로 느긋하게 웃는 조용한 모습들에 온화함이
나도 한몫

술 문화로 어지러운 넋두리로
서사시를 뒤집는 삶보다는
포도주 한잔으로 사랑을 나누는
그들의 여유도 돋보인다

우리는 중간에 자리를 잡고
훈훈한 이야기를 나눈다
갖가지 채소 과일잼으로
시식할 수 있는 코너도 훌륭하다

치즈케이크 유명하다는 햄버거 빵 채소로
멋진 바리스타의 사랑을 그린 커피도 빼놓을 수 없다

15가지 쩸도 담아오니
팔레트의 물감 짜 논듯 하다

커피 한 잔 시켜놓고 서로 위로에
물들어가는 가을 창가를 바라보는 노부부
이야기 들추어내며 서로들 바라보는 가족들

삶은 단순한 듯
필요 이상 이유는 없는 것 같이
평온함을 줬던 점심시간이었다

오클랜드에 이웃사촌 동생 그리고
며느리와 손녀딸
가장 맛난 쩸을 두 박스 선물로 준비한다

묵묵히 해를 삼키는 노을 바다를 바라보며
사진 속에 넣으니 오늘따라 후딱 지나기는 하룻길

크롬웰 수력발전소 여행

때 묻지 않은 곳곳
부와 성공을 피해 숨어 있는 자연을
바라보며 감탄이 무색하리만큼
아름다운 조화에
말 그대로 천혜의 자연에 감사함으로
오늘도 이렇게 시작한다

추위가 가득히 찾아오는 4월 중순
기어 변속을 열심히 하는
멋진 아들의 아나운서에 우리는 신났다

쭉쭉 뻗은 소나무가 있는가 하면
이곳 국가 꽃
고비의 싱그러움이 멈추지 않고
단풍을 만들어내는 햇살이 보이다가도
먹구름에 싸이기도 한다

자세한 표지판 보기도 힘든 질주하는 빗줄기
타마고에 부스러기 돌들이 섞이어
판판한 아스팔트 길에 간간이 부분적으로
안정된 도로를 만든 뉴질랜드 도로 공법
미끄럼 방지에 중요한 구실을 했던

껄끄러운 아스팔트 감사 줄줄이 놓고 간다

목적지를 향해 가며 곳곳마다
특성을 구수하게 설명하는
시티 카운슬(시청) 근무하는 건축과 팀장
자상한 첫째 아들이다

처음 이민을 와 이유를 모르고
막무가내 달렸던 긴 세월을 보내며
알아가고 또 알아가는 지혜에 감사

그새 팽팽해진 광활한 들녘
생기있던 푸르름이 갈색으로 변하는 곳에는
젖통이 아프도록 탱탱 부른 젖소들
멋들어진 가을 색을 입혀놓은 얼룩소들

운무에 가린 낯익은 집들이 모여 있어
대화의 맥은 또 사랑으로 이어간다.

시골길이라 굽이굽이 돌고
때론 직선으로 쭉 가는 낯선 길이지만
빗방울이 옹골지게도 창문을 때리기도 해
정신 집중의 최고의 길을 가고 있다

담장이 쳐진 갓길에

주인 없는 수채화로 그려지는 풍성함을 알리는
탐스럽게 익어가는 누런 모과
시뻘건 사과나무 주렁주렁 달려있다.

고르게 익어가는 책갈피에 말렸던 단풍든 이파리
감성을 모았던 조화롭게 배열해 가고
두 눈이 호강스러워
덜컹거리는 비포장길에도 편안한 글을 남기며 간다.

앗! 고향에서 본 춘천 수력 발전소 만나듯
감회가 있는 "크롬웰 수력 발전소" 팻말

주변 병풍같이 둘러있는 풍화에 시달린
넓적하고 큰 바위들
웅장하고 거대한 수력 발전소의
칸칸이 물을 뿜어내는 풍경이 장관이다

너새니얼 호손의 소설 『큰 바위 얼굴』
각박한 시대에 옳은 사람을 아직도 기다릴
주인공 어니스트처럼
한정적인 각도에 어설프게 세월 보내는 나에게 묻는다
옳은 것이 무언지.

와나카에 사는 선교사에게
어제저녁 문자로 보낸 답이

조심하고 오라는 흔쾌한 답
남은 시간이 행복해하며 달린다

나이에 걸맞은 감성이 풍부한 늘 열여덟 살 같은 친구
한동네에서 저녁해를 등지고 걷던 수다쟁이들이었다
지금은 흩어져 살고 있는
늘 기도 속에 만나는, 세 친구 중 하나

3시간 이후면 만난다
저녁은 우리가 낸다고 알리고 느긋하게
내비게이터에 의존해 달린다

널브러진 와이너리 농장
떡잎 진 이파리 밑에는 검은 포도가
주렁주렁 아직 남아 있는 것도 신기했다

일조량이 좋은 나라
햇과일 요즘 후지 사과 맛이 일품
바사삭 깨무는 순간
단물이 흠씬 차오르는 오가며 먹는 비타민 C
부자지간 다정한 대화도 금빛 햇살이 되어간다

서서히 옹기종기 모인 작은 마을 속에는
글 쓰는 사람
풍경을 그리는 사람

클래식 챔버 연주자
웅성대며 비릿한 바닷가 앞에
잔잔하게 노을에 젖어있는 '와나카'
내비게이터 알려주는 집 앞에
반가운 웃음은 동네가 떠들썩하다

와나카 여행

귀뚜라미 소리
가을빛에 익어간다고 하였더니
엉거주춤한 파란 하늘
휘젓던 구름밭에 실려서
하염없이 가는 줄 알았다

통발에 묶여 이리 뛰고 저리 뛰는 사연들
수은주 붙잡고 배웅하는 무리에
시어들도 춤추며 달려가는 양 떼 무리

운무에 가려진 눈 덮인 찬 기온
울긋불긋 단풍 지피고
꾹꾹 밀어 넣는 갈대 속에
심술궂은 가을비에 비어버린 여울진 소리

하늘하늘 실바람 싣고
이어지는 좁다란 수풀 사이 거닐어보니
서릿발 흔들어 놓는
머물려 애쓴 흔적만 밟힐 뿐

취한 듯 뒤뚱대는

우거진 가을 정취에 홀로 선 사진작가
찬란하게 다려주는 특별한 선물
풍광 속에 부스러기를 모으고 있다

사랑과 그리움이 감사와 행복으로 물들다
- 최미봉 수필집 『오클랜드 노을에 물들다』

최 봉 희(수필가, 평론가, 글벗 편집주간)

어떠한 글이 좋은 글인가? 도대체 좋은 글을 쓴다는 것은 어떤 의미일까? 2007년부터 글벗문학회 회원들과 20여 년 동안 함께 글 나눔을 통해서 끊임없이 묻고 또 다시 던진 질문이다. 이에 회원들의 대답을 종합해 보면, '자신의 경험을 담은 솔직한 글'이 공감을 일으키는 좋은 글이라고 답하곤 했다.

좋은 정보를 아무리 자세하게 쓴다 해도 그 정보가 책이나 인터넷에서 쉽게 찾을 수 있는 내용이라면 꼭 그 글을 읽어야 할 필요성은 없다. 언제든지 쉽게 찾아볼 수 있는 글이기에 더욱 그렇다. 반면에 실제 경험을 통한 자신만의 독특하고 개성적인 글은 그 사람만의 유일무이한 문학작품이 되는 것이다.

최미봉 수필가는 한국 국적을 갖고 있지만 뉴질랜드에서 생활하는 수필가이자 시인이다. 그와의 만남은 글벗문학회 회원으로 가입하면서 시와 수필을 함께 공부하면서부터다. 그는 이미 『대한문학세계』 시 부문에 등단했고 2022년에 계간 글벗에서 수필 부문에 신인문학상을 수상하면서 등단했다. 이외에도 대한문인협회, 설봉문학회, 글벗문학회 등 다양한 문학단체에서 열정적으로 활동하는 작가다.

어느 날, 뉴질랜드에 사는 감성을 SNS를 통해 다양한 감회와 추억 그리고 그리움을 토로하더니 마침내 수필로 등단하게 된 것이다. 그것도 우연히 심사위원과 작가로 만나게 된 것이다. 그의 수필작품을 처음 접했을 때, 자신의 독특한 체험과 경험을 바탕으로 시적인 감성을 담아내었기에 눈에 띄었다. 그때부터 수필작품 창작을 본격적으로 시작했다. 물론 글 나눔을 통한 응원과 격려를 통한 돈독한 문우의 정을 키워온 것은 사실이다.

때로는 꿈속에서까지 문장을 분에 넘치도록 그려 줄 때 그 때그때 한 줄씩 써 놓았던 수첩을 꺼내보면서 순수함을 잃을까 한 번에 써 내려갔던 글, 퇴고의 퇴고 거듭되다 보니 때로는 어렵다 힘들다 했었기도 읽는 사람들과 서로 공감할 수 있는 편안한 글이 되었음을 늘 기도했었기도 했었죠.
힘들다 하면서 주신 달란트에 감사로 쓰고 있었던 것이 시가 되고 장르는 다르지만, 수필을 쓸 수 있었던 것 같아요.
각박하고 힘든 시대에 아름다운 누군가에게 위로가 되고 삶에 도전이 되었으면 바라는 마음으로 탄력 있고 변화 있는 그리고 자유스러운 수필가로 남고 싶어요.
- 수필 「신인상 수상 소감」 일부

최미봉 수필가는 자신의 삶을 방법을 너무나 잘 알고 있다. 그는 항상 편안한 글, 공감의 글을 쓰고 싶다고 자주 말하곤 한다. 남에게 보여주는 글보다는 나만의 삶을 담아내고 탄력 있고 변화가 있는 그리고 자유스러운 수필가로 남고 싶은 것이다. 그의 시와 수필작품에는 타국에서 생활하면서 경험한 '고향에 대한 그리움과 다양한 삶의 추억'을 담고 있다. 그 그리움에는 항상 '감사와 행복'이 수반한다.

누구나 살아가는 삶은 힘겹고 외로운 법이다. 그 어려움을 극복하는 과정이 바로 우리의 삶이다. 이를 극복하기 위한 다양한 방법은 작가는 잘 알고 있다. 음악을 듣는다든지, 혹은 여행을 떠난다든지, 글 쓰는 행복을 체험한다. 외롭고 힘들 때, 그리고 우울할 때, 나를 성찰하는 글 쓰는 기회는 매우 유익한 일임이 분명하다.

작가는 언제나 나답게 말한다. 작가가 쓰는 글말은 곧 '나'이기에 그렇다. 내 말이 소중하다고 믿고, 말이 거칠어지거나 투박해지지 않도록 끊임없이 주의를 기울인다. 그것은 그리움의 말이요, 추억을 더듬는 글이며 감사의 언어다.

> 전쟁의 슬픔. 모든 것을 내려놓고 삶의 길은 새롭게 갈리어 안정될 때까지 꿈을 담고 굽이굽이 숨죽여 살았던 가족 모두 막혀버림을 뚫고 어머니의 한 마디 한 마디 건넸던 하찮게 들을 수 없었던 한 움큼의 말씀까지도 그때가 행복이었다.
> 육남매 DNA 물려받은 언니, 오빠는 교장으로 모두 훈장을 사진틀에 넣었으니 바랄 것 없다고 말씀하셨던 어머니. 최씨 가문 지키시느라 애쓰셨습니다. 자식을 위해 돌아가실 때까지 기도하셨던 어머니의 축복이 작은 숨결까지 그리움으로 있다.
> – 수필 「증손 며느리」 중에서

수필은 나의 흔적을 남기는 삶의 고백인 셈이다. 나를 기록하는 동시에 나를 표현하는 일이요. 삶의 흔적을 남기는 아름다운 창작이다. 그 관계의 망 속에 존재하는 나의 삶, 나를 중심으로 형성된 연결망에서의 나의 흔적을 되살리는 작업이다. 수필에서 가장 큰 비중을 차지하는 것은 바로 나와 가족이다. 그런 의미에서 최미봉 수필의 핵심은 '추억에 대한 그리움. 감사한 마음, 아름다운 사랑의 기록'이다.

며칠 후 늘 해왔던 것처럼 40분을 휘청거리면서 걷는 감사가 있어 뛸 듯이 좋다. 군데군데 단풍으로 물든 산새가 반갑기도 하고 발가락이 물집이 생기고 숨이 턱에 차오르도록 해발 365미터 토타라산을 거뜬히 걷던 내 모습이 부럽기도 하고 뿌리까지 뒤엉켜 땅 위로 나와 맨질맨질한 몇백 년 넘은 대수롭지 않던 나무들이 오늘따라 감사함이 일렁이는지 평화롭게 보이는 초롱한 파란 하늘이 회복을 주듯 대안 없이 쏟아낸 햇살이 여물어 보이기도 한다.
그리움으로 색소를 넣는 담채화에 주인공이 된 뜨문뜨문 보이는 단풍나무를 보며 주님은 경이롭다, 베풂도 경이롭다. 또 하나 나에게 온 토해낸 소스라친 내 삶의 표현마저도 주님 주신 언어들 흩어진 사람들이 힘들 때 찾아오니 고맙다.
– 수필 「감사」 중에서

수필은 진솔한 기록이다. 그는 교육계 집안의 자녀로서 기독교 신앙인이다. 그 때문일까? 그의 수필에는 사랑과 감사의 마음이 넘친다.
사실 '기록'이 시적 표현으로 쓴다면 감성으로 우리의

마음을 건드린다. 그 내용이 금방 우리의 심금을 울린다. 하지만 감성 표현에 치중하다 보면 그 색깔이 뚜렷하지 않을 때도 있다. 하지만 그 기록이 진솔함으로 다가서니 시적 감성이 독자와의 거리를 좁힐 수 있다. 아름다운 도전인 셈이다.

최미봉 수필가는 수필작품의 큰 특징은 자신의 경험을 시적인 표현을 통해 과감하게 행으로 나눠서 표현하는 것이다. 한 마디로 아름다운 도전이자 변화를 꾀하는 실험 정신이 멋지다. 평범함에서 벗어나 다양한 변화와 도전을 추구하는 작가의 모습은 아름답다. 바람직한 작가의 모습이다.

다른 작가가 추구하지 않는 과감한 혁신과 변화는 칭찬할 만하다. 다만 감성에 치중한 시적 표현을 하다 보면 문장이 다소 길어진 느낌을 지울 수 없다. 다양한 실험과 연구를 통해서 감성의 긴 나열에 머무는 것이 아닌 연구와 검증이 필요하다. 감성으로 연결된 문장의 의미 전달도 다시금 생각해 보면 어떨까? 길어진 문장의 표현이 꼬리에 꼬리를 물다 보면 읽는 독자가 이해가 어려울 수도 있기 때문이다. 시적인 수필의 아름다운 문장을 고민하면서 진솔한 삶의 고백과 성찰이라는 수필의 본질을 다시금 확인하는 것도 좋으리라.

차례를 기다리던 난 언니가 함께라 마음이 놓였지만, 은근히 떨리기도 했던 모양이었다. 내 손을 꼭 잡아 주었던 엄마 같은 언니는 미소를 잃지 말고 두 손은 배꼽 위로 올리고 내게 말한다.

"미봉아! 넌 잘할 수 있어!!"

(중략)

다음날 조회 시간에 교단에 서서 박수를 받았던 기쁨은 우리 학교와 교장 선생님의 자랑이기도 했다. 방송국에 가야 할 시간만 되면 세 사람 이름을 불리고 청소하지 말고 늦지 않게 방송국에 가라는 방송이 반복되면 푸르렀던 마음은 언니의 발그레한 사랑을 힘입어 덜컹거리는 책가방을 메고 한 자락씩 자라나는 꿈은 날개를 달았다.

아카시아 주렁주렁 하얗게 피었던 나무 밑에서 불렀던 무성했던 꿈은 아카시아꽃에 담아 지금도 노랫가락에 춤추듯 소통하고 있을 5월의 바람처럼 뜻깊은 스승의 날이 되면 육학년 담임선생님이었던 언니의 목소리라도 듣고 싶어 카톡으로 한국을 간다.

– 수필 「엄마 같은 큰 언니는 예뻤다」 중에서

두 번째 글을 쓴다는 것은 내가 그 사물이 되어 그의 입으로 삶의 노래를 부르는 것이다. 그러면 그 안의 참 기쁨, 참 고통, 참 희망을 알 수 있다. 최미봉 수필가도 마찬가지다. 그 사람의 안으로 들어가 그 사람 입으로 그리움을 노래하고 사랑과 행복을 노래하는 것이다. 언제나 노래하는 삶은 아름다운 법이다.

최미봉 수필가는 여행을 무척 좋아한다. 뉴질랜드에서 곳곳을 여행하면서 다양한 경험과 삶의 깨달음, 그리고 그리움을 토해내고 있다. 그가 책의 머리말에서 말한 것처럼 그의 수필은 '형식도 없이 자연과 더불어 겁 없는 주인공이 되는 소탈한 자신의 이야기'다. 더불어 뉴질랜드 곳곳을 여행하면서 누구에게나 호감과 공감을 주는 풋풋한 생활 이야기를 담고 있다. 뉴질랜드의 도도하고 독특한 자연의 화려함이 설렘이었던 이민 생활에서의 여행은 때로는 고향의 그리움을 살포시 꺼내고 있다.

　가을, 감성으로 걷는 춘천 가는 길, 계절은 흐르고 가을빛에 묻혀가는 그리움으로 가다 잠시 쉬어가는 시간여행이라 할까?
　산속 텃새, 쏟아지는 계곡의 물소리는 한 폭의 수채화가 되어 고향 이야기를 쏟아내기에 보고픈 엄니를 품은 경춘가도. 내 고향은 단풍으로 물들고 우뚝 솟은 삼악산 높고 낮은 산이 많았던 춘천 가는 길은 색소로 물들어진 살살이 꽃 환한 웃음 널브러져 서정에 추억으로 남겨놓은 아릿한 곳이기도 하다. 깨알로 써 내려갔던 소박한 삶이 담긴 내가 살던 친정 고향 집 정원, 그 선명한 그리움에 고향이 상상 속에 달라져 간다.
　가을 햇살에 익어가는 살살이 꽃 활짝 피어 있는 알록달록 가을꽃으로 가득한 우리 집 뜨락엔 어머니 엷은 미소가 있다. 평탄함을 넘어서야 바라볼 수 있는 경이로움과 아름다움의 한편에는 코스모스의 자유스러움이 그리움의 추억의 길이 되었다.
　- 수필 「살갑던 춘천 가는 길목」 중에서

　최미봉 수필가는 '그리움'을 노래하고 있다. 아마도 타국에서 어린 시절을 추억하면서 옛 시절과 고향에 대한 그리움으로 추억하는 것은 아닐까? 그가 변화를 추구하듯 시적인 수필의 멋을 엿볼 수 있다. 하지만 변화를 추구하는 멋진 도전에 다소 아쉬움이 있긴 하다. 더 구체적인 그리움의 경험을 담았으면 어땠을까? 많은 추억과 이야기가 더욱더 궁금해진다.
　그의 수필에서 오롯이 그리운 어머니의 엷은 미소와

어머니를 닮은 코스모스의 자유스러움 속에 '그리움'이라
는 단어가 가슴에 머문다.

> 한국은 꽃봉오리 탱탱해지는 봄이 왔다는데 이곳은 달빛에
> 꽃잎이 하나둘 씨받이로 거무튀튀해지는 여름 끝자락 나뭇잎
> 이 하나둘 단풍이 들어간다. 한국과 이곳의 낮과 밤도 서머타
> 임으로 4시간 차이 조심스럽게 댓글을 달러 밴드로 가는 새
> 벽 시간. 모두 행복한 시집에 서평을 달고 가는 글에 댓글을
> 달다 은근히 부러워하는 솔직한 마음이 들었다. 태평양을 넘
> 어야 하는 낯선 이국땅의 생활을 꿈을 꾸듯 집착하는 나만의
> 소리를 내었기도 했던 글, 새로운 길에 희망과 소망을 쏟아낸
> 삶의 여정에 솔직 담백하게 담는 시간이 따뜻한 나의 마음인
> 지도 모른다. 굳이 하나님께서 주신 이유가 있겠지만 경험해
> 보지 못한 세계로 도전은 거듭 이어진다. 그동안 삶을 지펴
> 놓은 수많은 이야기, 스스로 위로하는 시간이었기에 언제 까
> 지든 감성을 매 순간 즐기고 누리면서 느긋하게 나를 가꾸며
> 가기로 했다.
> – 수필 「이렇게 살아간다」 중에서

최미봉 작가가 수필을 쓰는 목적은 무엇일까? 여행을
통해서 혹은 글쓰기를 통해서 경험하지 못했던 세계로의
도전, 곧 '행복'이 아니었을까? 그의 수필집에 40여 회에
걸쳐 '행복'이라는 단어가 등장한다. 그리고 다음으로
'감사'라는 단어가 자주 등장한다. 최미봉 작가가 기독
신앙인이라는 것을 염두에 둔다고 하더라도 그의 삶은
활기차고 역동적이다. 아마도 그가 시를 쓰고 수필을 쓰
는 에너지는 바로 '행복'이 아닐까 한다.

무의미한 삶으로 살아가는 그들에게 아니 누구에라도 생명의 날개를 달아줘야만 했던 선교사의 삶.

"씨 뿌린 자에게 씨앗을 준다."는 약속을 믿는 우리, 큰 축복을 나누어주었던 꼬깃꼬깃해진 13년의 실타래.

최 선교사의 진지한 이야기에 이어 남편 이 선교사님의 회고를 또 한 번 듣는다. 부어주시는 은혜로 "내가 너희를 사랑한 것 같이 서로 사랑하라," 언뜻 나를 돌아보는 시간은 회개뿐 거듭 어떻게 해냈을까? 추임새로 튼실한 그들의 마음을 담고 감사로 하룻밤을 보낸다.

– 수필 「이민 생활을 하다보니 여유도 생겼다」 중에서

그의 삶에는 언제나 감사가 넘친다. 최미봉 작가가 하는 일은 아주 사소한 일일 수도 있다. 하지만 그 작은 일은 누군가에게 엄청난 영향을 끼친다. 나를 통해 누군가가 힘을 얻고 행복하다면 그것은 삶의 세계를 깊이 누리는 것이다. 동시에 세상을 변화를 시킬 수 있으리라.

최미봉 수필가의 시와 수필작품이 그런 것은 아닐까? 날마다 쓰는 시와 수필작품이 사람들의 마음을 울리듯이 그렇게 글을 나누고 마음을 주는 행복을 넓혀간다면 모든 사람이 행복해지는 것은 아닐까? 좋은 것을 많이 나누고 감사하는 삶은 불행은 없다. 더불어 실패한 인생도 없다.

최미봉 수필가의 글이 이웃에 영향을 미치고 세상에 작은 영향을 주리라. 그가 추구하는 변화와 혁신의 도전이 흥분과 설렘을 꼭 가져오리라.

만남도 축복이라 가장 가까이에서 함께하는 문인들의 만남.

소리 없이 웃고 정담을 나누며 댓글 달아주며 밀어주고 당기는 그 따뜻함은 지면이지만 왠지 행복을 주기도 한다.
이곳은 가을을 알리는 입추. 후텁지근한 날씨에 버거워지는 날 주근깨 톡톡 내보내는 얄미운 햇살이 여물어 간다. 설렘은 이어지는 막바지 여름 휴가철, 하늘엔 15분 간격 국내 항공기 행복한 소리로 하늘을 채워간다.
- 수필 「이렇게 살아간다」 중에서

이제 글을 마무리할까 한다. 최미봉 시인의 삶은 이민 생활에서 겪는 외로움과 고달픔이라는 아픔 속에서 한 줄기 달래주는 그 소망, 그리고 그리움은 또 다른 감사와 행복을 이끌어 주고 있다. 최미봉 작가가 말한 것처럼 만남은 곧 축복이다. 서로 댓글을 달아주고 응원해 주는 삶, 밀어주고 당기는 그 따뜻한 문우의 정은 작가의 작은 행복이다. 그래서 최미봉 작가는 오늘도 그리움과 행복의 시를 쓰고 감사의 마음을 적는다.

시적인 수필을 쓰고 노력하는 그의 아름다운 도전에 다시금 응원과 지지의 마음을 보낸다. 이민 생활에서의 경험이 아름다운 시심과 깨달음으로 다시금 독자의 심금을 울려주길 기대한다. 오클랜드 노을에 물든 그의 사랑과 그리움, 그리고 행복과 감사가 넘쳐나길 기원한다. 더불어 그의 건강과 건승을 기원한다.

MEMO

MEMO

■ 글벗수필선 49 최미봉 수필집

오클랜드 노을에 물들다

초판인쇄 2022년 11월 21일
초판발행 2022년 11월 21일
지 은 이 최 미 봉
펴 낸 이 한 주 희
펴 낸 곳 도서출판 글벗
출판등록 2007. 10. 29(제406-2007-100호)
주   소 경기도 파주시 와석순환로16, 905동 1104호
           (야당동, 롯데캐슬파크타운 한빛마을)
홈페이지 http://guelbut.co.kr
           http://cafe.daum.net/geulbutsarang
e- mail juhee6305@hanmail.net
전화번호 031-957-1461
팩   스 031-957-7319
정   가 15,000

ISBN 978-89-6533-234-3 03810

* 잘못된 책은 바꿔 드립니다.